图书在版编目（CIP）数据

东海云廊 / 白马，姚碧波主编 . -- 沈阳 ：春风文
艺出版社，2025. 2. -- ISBN 978-7-5313-6900-4

Ⅰ . I227

中国国家版本馆 CIP 数据核字第 2024GR1620 号

春风文艺出版社出版发行

沈阳市和平区十一纬路 25 号　　邮编：110003

成都市兴雅致印务有限责任公司印刷

责任编辑：	周珊伊	责任校对：	陈　杰
装帧设计：	四川悟阅文化传播有限公司	幅面尺寸：	145mm × 210mm
字　　数：	195 千字	印　　张：	6.5
版　　次：	2025 年 2 月第 1 版	印　　次：	2025 年 2 月第 1 次
定　　价：	38.00 元	书　　号：	ISBN 978-7-5313-6900-4

目录
CONTENTS

第一辑　综合篇

第二辑　东山篇

第三辑　长岗山篇

第四辑　擂鼓山篇

第五辑　海山篇

第六辑 竹山篇

第一辑

综合篇

东海云廊长歌（朗诵诗）

◎ 白　马

一

东海仙境，诗画云廊
吸引谁的目光
多少人发出惊叹赞美
太阳也睁大眼睛凝望

五山之上建云廊
五山之下
是我们的家园
海上古城　千年定海

定海——
海洋历史文化名城
定海——
美丽的海上花园城市

东海之上有名城
东海之上有云廊
山海之间
绘就最新的壮美长卷

长长的画卷铺展
五山相连
连起东海云廊的大美
如一条五彩的飘带
飘舞出一道亮丽的风景线

二

绿道绕五山
环抱定海湾

东山　长岗山　擂鼓山　海山　竹山
五座山　环抱着古城港湾
千年来守望我们世代的家园
见证定海大地的岁月变迁

五座山，矗立了多少年
这一天，伸出双手相握
手拉手，连起东海云廊大美景观

让我们记住这个日子
2023 年 5 月 27 日
东海云廊全线开放
我们喜悦　我们兴奋　我们自豪

"民有所求，我有所应"
"民有所盼，我有所谋"

"变水患为水利
化痛点为亮点"
一项民生工程
建成交口称赞的民心工程

探出老城新路
实现点绿成金

东海云廊
是水利工程
更是景观大道
将五山水利
美化为五山云廊

在云廊之上
擘画城市新蓝图
展示古城文化新内涵
打造精神文化生活新园地
这是何等大手笔的挥洒
这是多么新奇完美的创意

东海云廊
历经数年的精雕细琢
汇聚了无数人的心血、智慧、汗水
寄托了无数人的期待
东海云廊
必将成为最美的定海记忆

三

东海仙境　诗画云廊
云廊在定海五山之上
定海在浪花奔腾的东海之上
我们叫出一个诗意响亮的名字：
"东海云廊"

看吧
环山而行的东海云廊
横空出世
带来无与伦比的惊喜

看吧
登高远眺之下
我们的城市如此美丽

世界定向赛　半马比赛　骑游　徒步大会
·············
一场场体育赛事上演
让云廊更加充满动感活力

体验东海云廊之乐
体验东海云廊之美
有多少市民
成了天天打卡的忠实粉丝
祝福了，云廊之上
请把你的微笑留下

请把你的足迹留下
请把你的欢乐带回家

妈妈曾告诉我
星辰大海是家乡
我从远方走来
我想说，今天的东海云廊
就是家乡最美的风光

舟山群岛有定海
名城定海名声远
我从远方走来
我惊奇于这东海之上的云廊
我想告诉远方更多的人
这里有一条很美很美的长长的天然长廊

东海云廊
绿色穿起城市美景
在云廊之上
我们把幸福和谐之歌唱响

行走在五山之上，追逐芬芳
美丽定海，我们行走在云廊之上
让梦想在云廊之上飘荡

四

五山环绕定海港

穿越古今觅山海
东海云廊
山海兼胜谁相比美

行走云廊之上
可看山观海
可赏花听泉
可徒步健身
让身心放飞吧
让幸福如花儿一样开放

看吧
东海云廊
长长的空中廊道
绘就一幅长长的
诗意磅礴的山海画卷

看吧
历史文化　海洋文化
海防文化　名人文化
定海名城内涵处处呈现

看吧
古城有新景
新景在云廊
花园城市美如画
大美还在云廊上

看吧
五山变景区
田园变公园
我们阔步走在共富路上

看吧
东海云廊
兼山海之胜
融文化之美

这是诗与画的立体展示
这是自然与人文的交相辉映
美景与梦想共舞
诗意与歌声齐飞

五

廊上自做客
云中独为君

让我们走上东海云廊吧
你可以享受天籁
你可以漫步天然氧吧
你可以驻足人文历史长廊
你可以领略定海历史的前世今生
你可以追问
海岛学子如何逆袭成为南宋宰相
舟山唯一的状元张信

刚正不阿为后人敬仰
状元桥的传说世代流传
你可以追问
柳永、缪燧为何还被今人纪念
民国上海滩的大佬朱葆三、刘鸿生……
原来都是我们定海人
你可以追问
三毛为何如此热爱中国、热爱家乡
……………

行走在东海云廊
在东山观景平台看海观城　海天辽阔
在长岗山森林公园吸氧洗肺
在擂鼓山的亭台楼阁品读笔墨流韵
在海山的时光隧道穿越时光
在竹山的英雄路上感悟忠勇节义

坐看山海
行走云廊之上
风一阵阵吹拂
生活如此美好
阳光如此明媚
我们的内心
如此热爱自己的家园

六

行走云廊之上

背后是青山
脚下是绿道
眼前是古城
头顶是星辰
远方是大海

我走上东山
东山之上看日出
一轮喷薄上升的朝阳
映照定海大地新美的容颜

我走上长岗山
长岗飞瀑　潺潺流水
如乐曲沁入心扉
葛洪池　日晷台　留客亭
大草坪　天文台　樵夫亭
让人目不暇接

我走上擂鼓山
状元阁　及第廊　院士墙
怀古园　聚贤亭　书山碑
还有无数雕像
让人驻足沉思

我走上海山
增辉桥上燃烧红色信仰
定海，一座英雄之城
千年历史书写千年荣光

抗倭　抗英
抗日　解放战争
海山之间　流淌多少热血忠魂

我走向竹山
忠荩井头，铭记忠勇节义
可风泉边，缅怀海山忠魂
海战图上，呈现战争场面
竹山，不能不走的英雄路

竹山，激励着我们自强不息
竹山，激励着我们更加爱国爱乡

七

东海云廊
你是一条生态路
你是一条景观路
你是一条健身路

东海云廊
你是一条文化路
你是一条旅游路
你是一条共富路
你更是一条城市防洪排涝之路

东海云廊——
你是一张定海崭新的金名片

你也是海岛城市建设的新样板
你已成为引人注目的网红打卡地

旭日东升照云廊
云廊之上
人们开始沐浴着霞光奔跑

当落日西沉
云廊的灯光接替阳光
灯光将云廊照亮
夜的景致，在云廊次第打开
让人一次次沉醉
沉醉在东海仙境　诗画云廊

此刻，我要献上内心的赞美：
五山环绕定海城
花园城市添新彩
七彩云廊迎八方
云廊美名已远扬

此刻，我为一个喜讯欢呼
2024 年 1 月 23 日公布
东海云廊旅游区
获评中国天然氧吧
定海再添"国字号"生态金名片

此刻，我想说：
风景在远方

风景也在眼前
美丽的风景就在云廊之上
让我们一次次走向
东海仙境　诗画云廊

东海云廊（组诗）

◎ 姚碧波

序诗

大海在南面，定海城在山下
这里有着古城的底蕴，五山的气魄

每一个行走东海云廊的人
内心有着期待，期待邂逅美好的事物

绿道两侧的山坡上，绿意盈盈
容易让人沉溺，沉溺在大自然的清新中

沿途鸟鸣不绝，蝴蝶翻飞
到处都是野性的美，带着夺目的光芒

每一片云朵压下来，白白的
似乎就在绿道的前方，等着我们

五山绿道被定海城高高地举在云端
每一个行走的人脚踩祥云，心怀喜悦

我要顺着阳光的翅膀，在花草间找个地方

藏起来，倾听每一只昆虫歌唱这里的山水

东山

春天来临时，行走在东山
能从山水和草木中，感知春的消息

远眺定海湾。春天多好，绿道多美
像条绿色的飘带，朝着云端和大海飘去

一个人行走在绿道上，随山坡起伏
听流水，看花开，顺应内心的情绪

我所见的每一株花，每一棵草
都在努力地生长，让自己变得更成熟

通往内心的道路，也需要快乐铺设
阳光和鸟鸣同时抵达，多好

万物生长，更多的绿正在聚集
我要把这里临摹下来，装裱在心里

这个春天，在东山
满山花草的密码等你来破解

长岗山

行走山中，问候遇到的每一个人

拥抱每一缕阳光，接受陡峭和沉默的山峦

一块大卵石在溪水里，被青苔紧紧相拥
万物各居其所，而我多一点简单的快乐就行

夏天留住了夏天，宁静得只有三两声鸟鸣
从林间深处传来，需要我静心聆听

从鸟鸣中，我能聆听植物成长时的宁静
从向日葵的奔放中，感受天空的蓝

我所向往的绿道、飞鸟和昆虫
以及每一片土地，都有各自的秘密

我想找个地方坐下来，向着定海城发呆
等待暮色围过来，把我当成一棵树

在绿道行走，越往高处心情越澄明
如果你爱行走，你也会爱上长岗山的

擂鼓山

我是和秋风一起上路的，秋天的山上
一朵云停着，更多的云在追逐着天际

秋天在山上是柔软的，它正在埋葬落叶
只有秋虫的鸣叫，呼应着来自大海的季风

伸向天空的黑松林，古朴得让我一见倾心
那是这里的神，守护着山的灵魂和记忆

松果寻找最美的打开方式，散满山坡
这远比高挂黑松上，更让人欢呼雀跃

吹过黑松林的风，擦着我的肩
向着山脚跑去，纯粹、淡然而幽远

山高水长，水往低处流，在这里
即便是流水，也要高过定海城

擂鼓山没有鼓擂，寿山庙就在山脚下
梵音随着清风，隐隐飘来

海山

带海的山，能看海的山，有着海的博大
哪怕我在冬天到来，也是直面以待

静谧、空旷，整座山都透着冷峻的光
岩石、水杉、毛竹，甚至风也是硬的

山坡上有很多小径，淹没在树丛中
绿道在山腰，像五线谱在琴弦上跳跃着

我喜欢蜿蜒的绿道，消失在前方的山间
这多像剧情，高潮处突然来个大转折

在这里行走的，不光是我们
还有神灵、亡魂和虫兽，大家各行其道

邂逅一只在人间受苦受难的狐仙
那是这个冬日，我行走在山上的梦想

一只归林的鸟儿，从眼前飞过
飞向后山，那里有我所未知的温暖

竹山

竹山是一座英雄的山，是载入史册的
鸦片战争定海保卫战，悲壮得令山河失色

这里的泥土，这里的草木
曾在侵略者的枪炮下，留下过伤痕

很多人曾来过，他们的踪迹被尘埃覆盖
只有三总兵的雕像，剑指云霄

当我行走在古战场遗址，我更愿意
亲近这里的泥土和一草一木

如果我能一一叫出它们的名字
漫山遍野，将响起战士般铿锵的回声

从晓峰岭吹来的风，带着钢铁的坚毅

透过历史的天空，今天我们可以从容思考

土地厚重，四季轮回间，草木相依相偎
我要走遍绿道，热爱满山的蓬勃

云廊记（组诗）

◎ 缪佳祎

蓝色飘带

天空是一个巨大的游乐场
云朵飘来荡去，想去哪儿玩都行

云廊是一条美丽的蓝色飘带
纵身山海间，与云朵嬉戏

大海包容岛屿，东海架起云廊
人们把这山道走了又走
直到生命的曲线，无限延伸

东山上的流云

东山上，升起美丽的太阳
写下这一句，仿佛就看到日头
在云廊上洒落一道道光
绿道成了五线谱，行人是最美的音符
山间的云雀，拨响琴弦
替代了脚步的吟唱

当山体里的石头，接受另一种
被打磨的命运，便从庸常中脱颖而出
和植物、虫鸟反复对话，诗句已排列好
沉重的、轻快的，还有随风潜入夜的
万家灯火，明灭闪烁

无论晴日，抑或晚风
四季游荡在流云间，绵绵不绝的风光
随心而动，随境而生

竹山，不得不走的英雄路

有些战争，有些屈辱
是前进的历史车轮中留下的深刻印记
竹山，这一段英雄路，因此而显得沉重
遗址上的炮台，坚定而沉默
向每一个瞻仰的行人，投射无声的悲怆

鸦片战争的历史，沿着蓝色步道
衔接起过去、现在与未来
青山如黛，永念忠魂
1840 广场、三节源、可风泉……
旧山河里的骨头，被后人不断摩挲
依然闪着信仰的光泽

人来人往，万古流芳
走过这一程山水，俯仰间
是历史的纵深感，将这尘世的碎片

拼接成记忆的长廊

擂鼓山，余音穿透四壁

提起擂鼓山，耳边隐隐有鼓声回荡
唤醒村落、松林与清泉
一度无人寻径入山的寂寂，如今
将有凉亭、花朵与人声相伴而生
曾经淹没的残器，此刻成为新的认证

它不仅是绿道
更是一处灵魂安放的所在
寿山庙的香火缭绕，是低矮处的人间
涵园的古木群雕，将文化的根脉
植入青山绿水的缝隙

而我捡拾几颗林间的松果，剥除岁月
斑驳的痕迹，看它们的内核
是否与琴弦合拍，与静室相融
那缕来自乡野的气息，穿透四壁

在长岗山，听风吹竹叶

白天与黑夜，轮流拥抱着长岗山
森林氧吧洗去风尘，撩开薄纱似青衣
和城市对视，另一种新鲜的苍绿
带着悸动，铺满连绵的山丘

它是离我最近的绝美的绿道
在月光下，泛着幽蓝的光泽
引诱我靠近，漫步或慢跑
是感知它的最好方式

夜的呼吸，草木、山林的呼吸
夹杂着风的清凉，在胸口盘旋
竹影晃晃，映照寂静的斜径
随时上山、下山，也随时与回忆相遇

鸟鸣山涧，雨落留客
我在沿路的灯盏中穿越古老的城池
比远方更远的远方
海正在吟唱

海山，跨越时空见山海

这段风景，熟悉得仿佛家门口的公园
海山增辉，松柏常青，彼时的泪花
伴着山峦静默、时光肃穆
那些关山万里的征途漫漫，卷起记忆
卷吹起城墙上漫长的风霜

在海山，见山海
红色是主色调，是无数鲜活的生命
曾经激荡过的风云变幻
那些追赶太阳的人，最终也如太阳般耀眼
如果魂魄可以跨越时空

当以另一种胜利者的姿态降临
火炬矗立，红焰灼目

时空隧道里，我们一起沉浸于
旋转的星空、绽放的花朵、金色的田野
巨大的能量场，晕染出深海里
一圈圈浩渺，一万种向往
复兴号是预示，是承载，是奔赴
重塑着这片山海的脊骨

云廊序章：古城的天空一片蔚蓝（组诗）

◎ 林红梅

序章

今天风大于冷。早春时序
四季的情绪，始于第一次发芽更接近老年和少年的接壤
宜动宜静。从一辆单车出发
你递来的县志铺陈于云端，或者说已挣脱了时间的绳结
留下大片空白。我认得山与海的血脉
她们被命名为东山、擂鼓山、长岗山、竹山和海山
而那条空中走廊，正是时空的萦绕从书里到书外，从体内
到体外

东山

东山是一段山水的独白
语境细致，独立具有比量性，作为云廊的第一条丝带
太阳有了提前顾盼的理由
围绕着它，山海谦虚而自足
仿佛自鸿蒙之初就是如此
或许，有许多接近天际的通道
但蓝色是唯一的通关密码
很显然，聆听过如晦的风雨

才知道有些地方是可以比类仙境的比起古迹——庙宇和文
字的溢美
我更喜欢皈依自然的法则

当很多人为生活所困，当失意的文人开始退守，当年轻人
奔赴健身，当老年人寻找养生的慰藉
山水，自——蓝天，白云早已构成最天然的引言

犹如此时，宽阔的观景台如蓝天
俯瞰，定海城如一艘巨型的舟舰静卧海面这宏观的山水
何曾在我眼里占据过一席之地
现在都有了写意的表达面对盛大的背景
我的悲喜早已经消散
眼前的山水——松风、明月、飞流、海天
都在浑然天成的纹理中
当我抵达时
灯火万家比我更早一步抵达

擂鼓山

这是盛世的中华
偏居的古昌国书声彻夜
聚贤亭闲话古今的七名人
和余氏一门三尚书应儤家族五子登科的牌碑相应和
状元桥绵延的花灯是翁洲书院水落石出的
三月春风
穿行的人群在寻找清澈的源头

时光走至大明朝。张信的梦想和劫难早已有了画龙点睛的神韵

而此刻，有更多的学子

赓续着那条文路

我们称之为扶云路、青云路

今天，状元阁的贡院

还在募集着学子们

59位进士和6位院士响亮着昌国的天空那些灿烂的笔墨文章

镌刻着擂鼓山苍劲又青绿的轮廓

正如现在崇文桥野花初绽

挥霍着时光的恩赐和福祉

那扑面而来的喜悦

收割着春天的轻颤和连绵不绝的学童们的三月纸鸢

长岗山

跟随刚解封的流水

我能摸到时间的筋膜和冷热青山绿水下

年轻的日晷台指引着子午线间涧亭、樵夫亭

留客亭流连瓦肆勾栏的柳七郎在海上煮盐

穿过汴京城软玉温香的侧门

登山远眺，宽阔的衣袍在山风中猎动

看吧："遥山万叠云散，涨海千里，潮平波浩。烟村院落，是谁家绿树，数声啼鸟。"

大宋烟花陌巷的婉约派大家转世成长岗山的高度

唯有留客亭

在时光的今日微起波澜进入更浩瀚的深部
而数百道飞鸟的影踪
像一颗颗抵达春天的心在这条会呼吸的路上诉说着峰回路
转的
欢喜与诱惑

竹山

雨水落在竹山，也落在 1841 年的那个秋天
踏入三忠祠，那些嶙峋的石，桀骜的山峰和环城河压抑的
倒影
仿佛历史在雕塑或模拟
当白纸黑字将我带回这片山脉海域
6 天 6 夜，葛云飞、王锡朋、郑国鸿三总兵和
5800 名将士
不，还有全城民众用血肉筑就的海防脊梁
古老的城邑在火光、铁蹄、炮火中涅槃血色弥漫，东海水
在沸腾
我用喷薄而出的日出
遥祭英魂
志存高远的宏愿终不敌船坚炮利的构陷，国耻还在继续
绵延竹山的警钟长鸣不绝
这一刻，璀璨的县志早已蒙灰
唯有半山的翠竹依然直立
和呜咽的海水一起

感知着中国近代史的屈辱和抗争

海山

时光前行。良景清澈
我坐在海山的草坡上，聆听那些红色图腾的倾诉
在增辉桥和海山之境溯源一段雄壮的冲锋

记忆还原 1949 年的夏天
新中国的曙光已在集结号的吹响中，国民党残部退守舟山
借东海天堑图烹最后的晚餐
小小的海岛如孩童的身板陷入风暴但结局早已预设：失道者寡助
绳子上的蚱蜢打开缺口势在必发的豹子们和
《义勇军进行曲》构成永久的图景
我无法想象血色红旗飞舞的姿态
——首战大榭岛，激战金塘岛，速战桃花岛
血战登步岛
决绝的刀刃早已出鞘
剑指穷寇的末途
1950 年 5 月 17 日，18 日，19 日
每一个日子都已被铭记
镌刻在海山增辉的牌坊上
150 多朵血染的芙蓉花轻轻绽放守护着海山的秋冬春夏

此刻，那些被风吹散、吹乱的身体以一种轻扬之姿
在时光隧道里穿越
遥遥指示着另一些神祇
穿过春天的额角一面云中之镜
倒映着古城的新生

在东海云廊

◎ 姚碧波

在东海云廊，云朵很近，像一群温柔的羊
快过行人的脚步，向着山的另一个头而去

在东海云廊，鸟鸣晶莹得像晨露
在树枝间闪烁，那样地鲜亮，扣人心弦

在东海云廊，我愿意亲近这样的鸟鸣
和所有行走在山上的虫兽

在东海云廊，我愿意拥抱阳光、绿意
和迎风而来的片片落叶

在东海云廊，草木终生厮守着泥土
没有谁会记得它们的荣枯

在东海云廊，有时我会幻想着
到山的那边去看看，那里有什么

山坡、草木、溪流，我所喜欢的场景
在东海云廊，我也要做一朵绚丽的夏花

走着走着，我想如蝴蝶那样

飞着，舞着，用热情点燃整个东海云廊

我喜欢满山的草木

◎ 姚碧波

在东海云廊，这些满山带木字旁的草木
青翠葱茏，让我心生欢喜
它们不喜不悲，寂寞如风

草木充实而朴素，一生
和泥土相连，它们各安天命
和阳光雨露相亲相爱

草木生长的速度有快有慢
拔节生长的声音，难以倾听
只有与草木为伍的虫鸟才能知晓

花再艳，树再绿，也有枯萎时
轮回的何止是草木，万物皆如此
我们只有心怀感恩地面对

我要向这些古老的草木致敬
哪怕再坚硬再贫瘠的土地
也能让漫山的荆棘挂满果子

山坡上的植物

◎ 姚碧波

东海云廊的山坡上，到处是植物
高低不一，那是绿意的领地
遍布野性的美，让人愿意去亲近

晨光从枝条上落下来
我闻到了草木的气息
那里有着明亮的偌大生机

植物间，无数透明的晨珠
深藏在每一片叶子上
等待阳光赶着马车把它们接上天

山坡上，有我熟悉的植物
但大多不知其名
就像那里栖息的鸟，大多未曾见过

面对每一株植物
我要放慢脚步，停下来
跟它们打招呼，向它们问好

在植物的晃动间，我感受到风

就像树上寂静的巢
只有鸟儿飞来，才会有欢乐溢出

我不想惊动植物间栖息的昆虫
要悄悄地来到它们中间
内心平静，倾听昆虫放声歌唱

山坡上的植物，拥有自己的果实
每一个枝头上，都挂着梦想
和辽阔的壮美山河

礼赞，从东海云廊开始

◎ 俞跃辉

礼赞从一缕清风开始
从一束投射在林中的阳光开始
从如云一般飘绕的五山绿道开始
从招手相迎的松树和杉树开始
从花朵和草地上飞舞的虫子开始
从母亲一般的定海湾和城市的千家万户开始
从纷至沓来的脚步和欢快的说笑声开始

礼赞，从总书记的"两山"理论开始
"绿水青山就是金山银山"
礼赞，从一个以水利为基础的民生工程开始
"上拦、西调、中提升"
排除内涝，雨水、库水有序调度蓄积
礼赞，从水利、健身、休闲有机融合的大胆尝试开始
城市、山体、海洋、海岛、海湾依次展开
越来越多的人走上东海云廊

无论是早霞满天，还是华灯初上
在东山、长岗山、擂鼓山、海山、竹山
每一刻都有每一刻的向往
每一段都有每一段的精彩

"老百姓对美好生活的向往就是我们的奋斗目标"
礼赞，从百姓幸福明媚地走在东海云廊开始
哦，这是多么厚重的民生礼包

华灯初上，我们走在东海云廊

◎ 俞跃辉

华灯初上，赶赴一场神圣的仪式
循着春天植物的清香
心肺在轻轻地起伏、欢唱
花朵和绿叶被黑色遮蔽
又在那微微路灯的光亮中呈现
就像一些事物懵懂地张开眼睛

俯视云廊之下，定海城万家灯火
一半喧哗，一半静止
海水，船露宿时擎举的灯盏
赶着夜路的船歌
在远处，不可企及的地方
大海的咆哮如惊雷滚过

与东海云廊已成为默契
就像那些健康的生活，良好的习惯
"山雨欲来风满楼"
我们经常在傍晚的雨后上山，空气清新
把几颗稀稀落落的星顶在头上
与某个相识的人打声招呼
与那些素昧平生的人擦肩而过

在东海云廊邂逅那些亲人

◎ 俞跃辉

我一路上行，转弯
那些树从什么时候开始
蹿得这么高了
它们老远看到我，招着手
又看着我走出很远
我叫不出那些树的名字
它们亲人一般站着
有时候闻到一些细微的清香
有时候听到风吹叶子的声响
有时候看着高高耸立的姿态
内心都会涌动温暖
那亲人一般的树
亲人还有那些修长的竹子
带着笑容的向阳花
低矮起伏的灌木丛

我多少次在东海云廊上走动
从晚霞穿梭树林开始
慢慢黑色如水覆盖

春天，东海云廊的这一家子那一家子

◎ 俞跃辉

这些植物，那些植物
这些雌雄同体的植物
花苞哇，嫩芽呀
春风里咕嘟嘟冒了出来

它们有的做出昂首向前的姿态
有的情侣般交叉缠绕
有的歪七竖八，但依然朝着天空飞翔
有的带着花朵的皇冠
有的擎着绿色的树盖
它们与天空、山体和云廊在一起
依稀有笑声、喊叫或呵护声
这是植物的这一家子和那一家子
犹如高楼林立下的他们
春风里，谁在招手呼喊

微月，东海云廊

◎ 俞跃辉

无法描绘那绽放的花朵
那缀满了绿宝石一般的树
神秘的气息飘浮
一个微醺的梦
一尊有着万千景象的菩萨

我是否惊扰了她
只是感到沉醉
只是从低处走到了高处
在月光和白云的山腰间游荡
邂逅那些花朵、树木
俯视每天生活的定海

人流匆匆
哪怕停驻下来做一次深呼吸

东海云廊，我想对你说

◎ 俞跃辉

自从你起来后，我的幸福指数多了
在你的怀抱里，与兄弟仗义走江湖
在你的光芒下，迎我从朝霞升起送我到夕阳西下
还有那星星点点的光芒，让我有无限的遐想

在你的清香里，夏天植物果蔬花朵都在散发着香味
在你的注视下，枫树、灌木、竹子与我打声招呼
我迎着它们走近，它们目送着我走远
这样的温暖与妥帖让我非常感动

在你的植物园里，有一阵飘带在云朵间飘绕
有一棵树，还有无与伦比的树，它们葱葱郁郁叽叽喳喳
有些白色的虫子，灰色的虫子，黑色的虫子
它们振翅起飞，如同这领域中的皇上

我想对你说，我想对你说，我想对你说
那被火焰点燃的果子，那在风中游荡不羁的帆船
这是我和我们致敬的民生福祉

雨水在东海云廊汇聚

◎ 俞跃辉

雨水、雨水、雨水
我看到密集的雨水冲击而下
在草丛间、泥土中、树根里
在东山、长岗山、擂鼓山、海山、竹山
雨水在降落，雨水在汇聚
涓涓细流在不断涌现
长岗飞瀑、问渠、拖雨潭、石塘水道、鸟鸣涧
这一路都是充盈的雨水
这一路都是雨水欢乐的歌
这一路都是雨水滋润的情景

失去控制的雨水比魔鬼更可怕
在这里，雨水乖乖地流入截洪渠
工人们打开了应急排水阀，雨水神奇分流
东流的雨水排向大海
西流的雨水进入箱涵
这曾经具有杀伤力的雨水啊
这曾经要被废弃的雨水啊
如同野兽被圈养起来
雨水浩浩荡荡地通过分洪隧洞
流向红卫、城北、虹桥三座水库
在干涸的时候，这些雨水将奔赴各地

嘿！久违了，云廊半程马拉松

◎ 俞跃辉

跑过初夏的山岚，郁郁葱葱的树，初夏的风
初夏的海水在弹奏一曲欢迎和快乐之歌
嘿，久违了！
我们跑过 1840 广场，跑过时光隧道
我们跑过英雄桥，跑过熊熊火炬
我们跑过状元路，跑过山海廊道
呼吸一口醉美的空气，欣赏大美风光，感受古城文韵
来啦来啦，五湖四海的选手们，亲爱的兄弟姐妹

初夏的花朵树木散发着清香
城市的天空装扮着五彩云朵
水利工程，云廊绿道，幸福生活景区
那如火如荼的云廊马拉松
嘿，久违了！
我们的心情像风一样自由，脚步如海浪欢快

云廊马拉松在山海云朵间穿梭
我们是游动的龙我们是奔跑的马我们是城市的使者
嘿，久违了！
我们怀揣着梦想保持着初心
我们一起汇聚一起出发，就像张开腾飞的翅膀

迎着 2024 的波涛汹涌，迎着云廊的层岭叠翠出发
祝亲爱的精彩完赛，祝亲爱的绽开笑颜
祝我们的聚会——云廊半程马拉松越来越好

云廊的高度

◎ 陈桂珍

不是定海人又有什么关系呢
我照样兴冲冲地
从东港驱车走近你
一次又一次地享受
在你身上慢慢踱步的欣喜

东海云廊
你从东山浩荡起势
将长岗山、擂鼓山、海山、竹山
连成一条蓝色巨龙
轻盈地挂上山腰最迷人的位置

此刻犹如打开了一座宝藏
我在你的怀抱细数经典
绿植妖娆着自由的舞步
隔墙的樱花落了一地
粉色的碎雪梦幻似的飞起

游客们自由漫步
小孩子天真游戏
童车安静地休息

绿草坪上有放飞的风筝
在蓝天上划过漂亮的痕迹

脚下的步道富有弹性
满眼有春色荡漾的涟漪
蝴蝶们有翩翩起舞的领地
鸟儿们在枝头唱着小曲
风吹来甜蜜的气息

步道下面是流动的水渠
大雨小雨在此集聚
再也不用担心洪涝来袭
古城的雨水吹响了集结号
再不浪费几滴

站在云廊之上俯瞰
古城犹如一幅写意的水墨
千年的定海城婉约而多情
水库增添了水源
青山牢固了根基

不是定海人
我却为定海欢喜
不需要任何理由
就因为东海云廊
我增加了来定海游荡的底气

建在山上的云廊自带高度

白天她似长龙蜿蜒
入夜她似明灯高悬
云廊上的人们脚步是轻快的
脸上是微笑的

定海人的幸福多种多样
也许云廊就是最触动人心的
那部分
因为她的高度
始终在人民的心间

云廊观月

◎ 郑剑锋

月与月间弥漫着迷雾
星点缀着无名的角落
只需一眼望去
思绪便化作古老的秘语

遗世独立的城堡高过今晚的月色
我听到风穿过石壁的低吟
深渊之下
水与水缠绕成隐秘的符文
鱼穿梭在不见底的黑暗
只需一潜入内
灵魂便有了深海的归宿
龙宫的辉煌胜过传说的绚烂
我触摸到桂树舞动的瞬间
月色撩人

东海云廊上的那些虫草鸟影

◎ 苗红年

如果草木会说话，她们肯定有不同的腔调和音质
有的如我寡言，有的像小妹喋喋不休
枇杷花开了，她把自己当成最好的福利
分享给雨水、蜂子和采药人的指甲
垂暮的仲冬，该谢的已谢，谁会去留恋这抹暗淡的光景
雪还在酝酿如何轻轻飘落到悬挂在崖边的木藤
或者去安慰一下斜坡蕨草薄命的收成
"秋萌、冬花、春实、夏熟，他物无与类者"
想象一位花季少女。没有争艳的逸闻
远远地站着，不为投射而来的目光倾腰

槭树老皮纵横，她奉献出甘甜的汁液
棕腹啄木鸟从来不会自持，昨天在这里打洞吸汁
像位掘水井的老手，周身颤悠着窃取的快乐
没有谁能比它更懂得：要不停地敲击
让探视更深层次地去引流一棵树安稳的内涵
毛毛虫是谁家丢失的孩子。不知道北风已在半道上劫持
慢吞吞地赶路，连那些转黄的叶子也卷着侧影笑它
或许作茧自缚是个好办法，我用树枝
拨弄着这个滑稽蠕动的胖子。它的明天会出现在哪里
或被风卷到母亲的身边，学习飞翔与炫耀的本事

每一次我来到东海云廊，想发现新的绽放
却每每空手而归

春日游云廊记

◎ 苗红年

"叮咚"一声。新年就被溪水冲刷过来
我还在迟疑之中

横亘的岁月再次把众峰推到我的脚下
或许，春天拥有无数个支点
笋尖，巉岩，断枝或那朵小心翼翼的绽放
我的志向被几撮初生的野燕麦悄然拱起
飞溅的鸟影，摩挲的水流
它们都有一副好嗓子
用声音打探小草们不明的来历
对这次陌生的突访却静观始终
我们彼此交换礼物。当我掏出一张纸币
水印的防伪风景面对真实的山水
轻薄成了失宠表达式

抬起头，那些白云和松针匆匆落满了我的瞳仁

东海云廊

◎ 虞兵科

云浮在云上，廊也浮在云上
东山、长岗山、擂鼓山、海山、竹山
绵绵的五山化成了彩云连成了云廊
群山抱着古城，云廊接着海港
近的山，远的海，临摹一卷新的《山海经》
来自东海的风从山冈上走过
山林在摇旗，山泉在呐喊
不能不走的英雄路，"忠勇节义"的精神浩气长存
在增辉桥上，追寻红色的足迹
一个个火炬在熊熊燃烧，照亮前路
状元阁、及第廊，一方文脉同古城相连
如山的文，如海的脉
是峥嵘岁月，是笔墨春秋，是人间的烟火
浪起微澜，成于惊涛之上
东海云廊，源自五山水利工程
彩色游步道下，藏着长长的截洪渠
一个个巨大的箱涵筑起定海城的防汛长城
全长25公里，用绣花的功夫
编织山海胜境、绿水青山、崇文重学、不忘初心、勿忘历
史的诗画篇章
塑造山海兼胜、古今相融的城市名片
五山水利演绎"绿水青山就是金山银山"新的传奇

东海云廊

◎ 林红梅

接近于明亮
沉浸在天空的眼睛中
突然之间，我们相互拥抱
感到从未有过的美好
准备了蓝天和绿地
那么多的山和水，是在等
一场多大的雪
才能构成一个纯粹的背景
在山与屿的田野中
葛仙翁背起老母
新生的黄杨尖和起伏的山峦
一起奔进松弛的栅栏
看到了将要为之度过的一生
我的母亲坐在那里
我和我的未来也像一小块寂静
一小块阳光
孩子们登上白云般的走廊
接近天空的高度
原来这就是理想国的真相

现在，海水涨潮了

每一朵云羽化成人间的模样
不需要方向和速度
总有些漏出来的光线在
寻找葛仙翁的草药
那些溪流的衣襟，雨水的搭扣，繁衍的院士，打马游街的
状元郎
有时候在一起，走在云端处
有时候像我们同时
经历的某种神祇
现在，又在不知被谁擦亮的海面上
懂得了真正的倾听

云中之廊

◎ 林红梅

原来云是可以攀登的
一座海岛与另一座海岛的路是海
假设的蓝，真实是
循环播放的咆哮。无助，冷漠
隔着海，山成为
最诚挚的次序
它们的名字依次是东山、长岗山
擂鼓山、海山和竹山
葛仙翁背着老母从来没有
穿越过东京
天地塌陷。沧海桑田的场景
是复兴号的动车
一千四百多个日夜是山海的协作
铺垫我们眼中的
橙色、蓝色和绿色的云上走廊
现在是可以依靠的光
这些光，恍惚而清澈
青云和扶云的直上路不仅仅
属于虚构
奔涌而来的光阴或许是
绿色的竹林，或许是

不惊的松林
惊喜和讶异是三色光的交错
不再有跌落神坛的菩萨
待四季流动，待雨化成雨
待五山上堆积的树叶轻轻颤动
东海云廊，是一切理想的
想象

云廊之柱

◎ 林红梅

当没有舟楫可以渡海，当
没有台阶可以登山
当山与海遥遥相望，当夜色
不再破晓
只有一座座山神庙托起的石桌
盛放着最轻的落叶
成为意义重大的绵延

终于，我们等到了破茧而出的蝶变
飞天的象形挣脱了地球的束缚
现在，那么多隐形的翅膀
成为长岗山的光明托举
而擂鼓山的鼓声早已雷动
大宋朝迟暮的灯光
需要隔岸观赏吗

一半是歌舞升平，另一半耕读传家
解元桥和状元桥人影幢幢
更多的火炬被黑夜精准定位
相比东海上摇摇晃晃的渔火
竹山上清亮的警钟
早已盛放为盛世的烟花

在东海云廊

◎ 陈 斌

兼山海之胜，融文化之美，
东海云廊，穿越山岗，
抱海湾之美。

青山翠竹，蓝天碧海，
山海交相辉映，自然风光悠久，
世世代代传承，诉说着自然的纯粹。

欢快郊游，扬帆海翼，
沿途倾听，山与海的语言，
自由驰骋，感受野性的洒脱。

缓步漫游，映照着岁月的岁月，
回忆的微笑，飘散在这片山海之间，
留下时光在这里静静地流淌。

追寻历史，传承文化之美，
纵横走廊的路上，
感受历史与现代的交融。

云廊是山海之美的交响曲，

是时间之河的定格，
感受着它的美丽，
我们永远地铭记。

展现生命的勇气，
把握时光的美好，
让我们走进这云廊，
它将为我们带来美丽的记忆。

东海云廊，长长的绿道，
穿越山川海岸，令人陶醉迷倒。
青山一边，蓝海一面，
将最妙的山海风光，尽收眼底。
骑行享受肆意，漫步丈量时光，
沿途记录欢笑，处处都是情。
远处晴空与大海，融为一体相连，
船在海上，仿佛坠入云天。
座椅造型新奇，叶子、字母、雨棚，
摆脱都市喧嚣，享受悠闲时光。
到了夜幕降临，华灯初上璀璨夺目，
耳边音乐，无人干扰，
慢跑在绿道上，独享此刻美好。
绿道如同云廊，四周群山环绕，
文化和自然，融为一体难以割舍。
走过东山长岗山擂鼓山海山竹山，
注入心底，留下美好回忆。
兼山海之胜，融文化之美，
东海云廊，情暖人心，人间瑰宝。

东海云廊行吟

◎ 陈　斌

以海天为词，谱写悠长的曲
构成远航的帆，来自海岛的诗人
写下这个字的第一笔，直通那片有名有姓的波涛
拾级而上，云触碰历史的温度

且品茗论英雄，赠给你东海的辽阔
古老的传说随着浪花起舞，那些礁石上的海鸥
岸边的渔歌，激荡着你的心胸，为云廊续篇
一石一沙，收藏了英雄的足迹

散尽所有的海风、浪花、渔火、星辰
在醉意里通向你——似有一种更大的力量
被海天大地轻轻托起，而我的倒影
应该就是欢快的海鸥，在纸上飞翔

流动的水和云，映着海岸的肤色上
让"东海云廊"四字代言一个地方的所有动词
呼与吸变得急促，在舟山大地，我正被一片海浪点燃
——哗哗的声音，令修炼变得不再有意义

以清新，以辽阔，以澎湃，我们的言语和海中的云廊

是思想的再次翱翔，让思念成为眼中的迷离
和蔚蓝，城市和渔村，岛屿和港湾，礁石和沙滩
已然形销骨立。一层一层的日光像海浪一样涌动
各种平仄和修辞，从东海的胸膛涌出

仍在眷顾一片海的故事和传说，卡在喉咙里的独白
让我获得尘世间最宁静的安慰
不必喊出海誓山盟，不必喊出海枯石烂
一个人，抑或一座岛屿的成长也像一片海一样
透着蓝莹莹的脸庞

从浪花撞击的力量里，东海云廊就是我们通灵的器官
山岛和大地，接近海天澄明之境
亦如我的乡愁，被一片海浪，抑或一束阳光
消解，融化，在细腻的沙滩上完成对语言的温柔

诗意是丰蕴的。东海云廊的思想，可以把礁石涅槃
可以把海浪醉美，可以把云燃烧
可以把迤逦而过的岁月，酝酿成一个新的名词：东海云廊
而我，就是那个为美倾倒的书生
在这个崭新的时代，我的血液和骨骼
为一种获得美的途径而惊诧

心已动，心已生爱，心仪的岛屿啊
借助一片海浪的力量，向你举起了蔚蓝的白旗
弯月绕臂，海水状的爱情
就成了今晚的关键词，进入你如火的目光
山海同行，凸显了专属于"东海云廊"的力量

呼吸明朗起来。在舟山
把一步千年的宏愿迎上新的日头
将高远之行的章句，写进新时代的蓝天
身体里的倾慕和热爱，诗学和画意打开
梦境与记忆相互搀扶，我和你在一片海浪里
抑或一个名词里，共处一生

春望东海云廊

◎ 陈　斌

我开始热爱这个初春
雪将化未化，云廊静默
我想接一段云廊入梦
让心田滋出希望的芽

而热烈周期遥遥，夏天尚远
令我安于惆怅，安于这云廊
变得沉缓而平静，像捕鱼人
一冬的劳作，留下岁月的鳞片

我安于，还有一线光亮
与他人分享，微笑于心
天色渐暗，轻寒中
一寸一寸暖意，云廊之上移动

某种向上的不顾一切的爱
有所悟，有所准备
试图在陌生处，熟稔活结
一些东西解开时，已被热爱系紧

云廊之梦

◎ 陈　斌

在东海的边缘，有一条云廊，
蜿蜒于山海之间，如龙腾翔。
五山环抱，绿意盎然，
东山至竹山，诗意盎然，历史悠长。

长岗山下，绿道如带，
古樟挺拔，岁月静好。
紫云阁上，云卷云舒，
知秋台前，时光流转，思绪飞扬。

海山公园，英雄桥畔，
历史与现代，交相辉映。
海山之镜，映照往昔，
时光隧道，穿梭记忆，感受沧桑。

竹山段上，英雄之路，
三忠祠前，英魂永驻。
忠荩井旁，泉声潺潺，
可风泉边，爱国情深，精神永存。

云廊之上，我行走其间，

山海相拥，心随云动。
每一步，都是对自然的敬畏，
每一景，都是文化的传承。

东海云廊，你是诗的长廊，
在这片土地上，我们共同书写，
新时代的篇章，让世界聆听，
你的故事，如海浪般，激荡心房。

水利之歌：东海云廊

◎ 陈　斌

在千岛的胸膛，云廊蜿蜒，
水利的诗篇，悄然铺展。
五山如守护，绿道如织，
防洪排涝，民生的篇章。

东山至竹山，绿意盎然，
水利工程，智慧的结晶。
上拦、西调、中提升、内循环，
四大工程，如诗行般，串联起希望。

长岗山段，绿水青山，
截洪渠长，生态补水，涵养生命之源。
葛翁池畔，故事流淌，
古樟驿下，岁月静好，共富的钥匙。

海山公园，历史的记忆，
烈士陵园，英雄的荣光。
海山时光隧道，穿越时空，
英雄桥上，历史与未来，交相辉映。

水利之歌，东海云廊，

在这片土地上，我们共同吟唱。
每一滴水，都是生命的力量，
每一道渠，都是智慧的光芒。

东海云廊，你是水的诗，
在山海之间，你静静流淌。
你见证了变迁，承载了梦想，
在新时代的篇章里，你永不止息。

云廊偶遇

◎ 徐豪壮

顺云廊往东
绕过弯弯的山道
是一处晨曦中刚醒来的山坡
枝头的杉果，绿地的松果
它们来自同一个母体
离开的必然，风抑或雨
有了自己的生命
从母体上独立出来
撒下大地，栖落在某一平面的最低处

诗人爬上坡顶的时候
四周尽是挺直秀颀的杉树
在云端里张望
近处的山　远处的海
硕大的杉果无法逃逸狂野的想象
被塞进各种材质的容器

刺猬似的鳞片状的果实
并不妨碍自由地聚合
成塔或是成球，上油抛光
一件件艺术品相映成趣

尽管形体不同，但银色的岁月
一样地沉甸、放荡

这，所有的一切
仅仅是缘于一次偶遇

惊艳，邂逅东海云廊

◎ 张旭东

漫步在东海云廊
终于等到了期待的景色
五月的山风有点大而轻柔
云廊如五山裙摆的腰带
被吹起
惊艳，哪怕偶尔邂逅
也是极好的恩赐
一片片云
在天际执着守望
那一缕缕风
潜伏山脊不言消逝
云廊，从荒芜曲径
到休闲步道、防洪泄道、人文体验
塑造一种沉重、精致或欢呼的旋律
你我他，一起见证定海古城的腾飞之梦

远望处，目遇的海、岛、舟、港
与我脉脉对视
立在这东海云廊，凝神
心头跳跃着
绿色的洪流，相汇于五山

山被唤醒

美丽，整洁，舒适……
怡然自得掩饰了
原先蛮恶路径坎坷的张狂
人们徘徊山海之间
我有我的诗歌
你有你的远方
而大家共有的是唱响绿色定海湾的憧憬声音

看着眼前的风景我无声地笑了
透过时空的坐标里
听到了愉悦的歌声飘遍了云廊

第二辑

东山篇

东山山坡上的花

◎ 姚碧波

东山的山坡上，长满了各色的花
除了菊，更多的是不知名的野花
每一朵都是一生中最美的时刻

这些花，大多长在向阳处
也有几朵在背阴的岩壁上
那么稀薄的泥土，依然开得生动

我握不住的阳光，在花朵上奔跑
像风裹着花香的气息，奔走着
内心充盈，带着无边的幸福

初秋时节，这里有辽阔的宁静
鸟鸣中，时光也在慢下来
等待无数的蜜蜂沦陷在花丛中

我要祝福这些花，给它们以赞美
要把山坡上美不胜收的花
献给每一位行走东山上的人

是夜，云廊东山段的那些灯光和植物

◎ 俞跃辉

我不知道这些灯是从什么时候开始亮起来的
在夕阳西下的时候吗
不是的，不是的，当天蒙上黑布
一盏盏灯次第绽放
它们吐出清新的光芒，也点亮身边的植物
它们和枫香树、白栎树、麻皮栎、竹子互为映照
和红色的小果子、一片片黄花相互媲美

这些灯是怎么亮起来的，在你我的顾盼之间
这些植物的气息是怎么呼出的，我凝神伫立
我看到了这树的温柔，这红果子的野火般明亮
我看到了这树的不屈，它在不停地叙说
我看到了这树的粗野和美丽，它缠绕着藤蔓和花朵

从这棵树到那棵树，这弥漫升起的光芒
从这一刻到下一刻

东山观景平台

◎ 俞跃辉

我无数次路过这里
有时候会登上高台
定海城、定海港扑面而来
那围绕着的五山绿道
那内在的光芒和气息

当霞光升起，我凭栏远望
我是一只鸟，在盘旋的海浪中飞腾
追逐着冒出黑烟的船舶
我栖息在泛出金属光亮的港口大楼
我飞过那些川流不息的人群
我偶尔一声叫喊，惊讶那些蓊蓊郁郁的绿

当黑夜降临，灯光璀璨
我敞开胸襟与晚风同舞
我闻着草木花香听着海浪声汽笛声
我清晰穿过黑幕和黑幕下的一些光亮
辨认着那些事物、场景，献上花朵
向它们致意

我站在这高台上

视线打开、情绪饱满
远近不一、纷繁美好
我要向定海城和五山绿道致敬

我穿过乌云，在东山上走动

◎ 俞跃辉

我在东山上仰望
乌云遮住了天空，罩下来
狭路相逢的紧张
雨水的剑快要刺破
希望一阵大风吹走它们
连同我多日来的阴郁

我在东山上走动
离那些奔跑的海水和航船很近
遇到唱歌的中年男人
比着手势窥视乌云和东山下的熙熙攘攘
孩童呼喊着
红色野果、杜鹃花点燃了东山
梦幻一般的东山
乌云终将被风吹走

空气清新，步履轻快
走到山顶，又折向向阳的山坡
潜入丛林深处
偶尔看到山下的大道和汽车奔驰
就这样，我穿过乌云
在东山上走动

东　山

◎ 姚崎锋

未登临它之前
你或许已经哼起了那首歌：
在那东山顶上，升起白白的月亮
而此时，晨光里的第一声鸟鸣
正穿透林间抵达我们的耳际

一路招呼你的，除了山风海景
还有细长的瀑布在跌宕
泮池、蜃池、清远池、芙蓉池……
都有一个古典的名字
可以令你驻足沉静思远

许多的精灵居于水中
是莲叶菖蒲是水草是游动的鱼
你能回到人间的美好

和大自然一同呼吸吐纳
心中的块垒一点点消散

在那东山顶上

◎ 阿　能

登上东山，我用擦亮的瞳孔看风景
烽火墩上的狼烟，已被大海风吹散而尽
德威城远去的炮声，只遗留下斑驳痕迹
那条七彩云路，曲曲弯弯地
一直通向神秘的西溪烟村
行走的人，匆匆而过
个个穿着新鞋

第三辑

长岗山篇

问涧亭

◎ 姚碧波

静坐亭间，聆听溪水叮咚
那是溪水从山间流淌而过
带着抒情和柔软

溪水，翻山越岭
穿过石头、田野和土地
有着大山的意蕴和激情

溪水，从来不是一泻而就的
而是时缓时快
如果遇到石头，会昂首而过

溪水是大山飘荡的灵魂
清澈、纯粹，近乎透明
在流淌中寻找最终的归宿

溪水，透着欢欣
在鸟鸣声中，越流越远
远远望去，消失在山间的青翠中

在知秋台与落日不期而遇

◎ 姚碧波

在知秋台，我与落日不期而遇
那彩霞像火凤凰金色的翅膀
整个苍穹涂上了一层金箔

七彩霞光，与万物做一次告别
夕阳慢慢下山，余晖洒向五山绿道
有着温柔，更多的是眷恋和不舍

我无法阻挡日落大海
就像无法阻挡春天的远去
只有在眺望中接受暮色的到来

暮色中，一只萤火虫从草丛中
急不可待地探出头来
带着长岗山夜幕的浪漫

长岗飞瀑

◎ 姚碧波

一束束明亮的白练，从悬崖上
直冲而下，需要我抬头仰望
像仰望阳光一粒一粒地落下来

这些水太高了，高过炊烟
像云朵，一直在山巅上
与草木为伴，冰清玉洁

有耀眼的光芒一直在闪动
阳光下，如此生动地变幻着
让人的眼睛停不下观望

这来自悬崖之上的力量
打破身体里的宁静
我多想拥抱瀑布的万丈豪情

这盛大的场景没有落幕时分
此刻，我要把身体打开
让清澈的水在心头流淌着

一叶知秋

◎ 姚碧波

秋天到来时，它不会告诉你
就像春天的来临
只能从翻飞的树叶去感知

抬头间，长岗山上的枫叶
染上了秋天的颜色
开始有了一层金黄

我喜欢在阳光下，近距离观察
那一片片金黄的枫叶
呈现生态之美，明亮又柔美

风从山下吹来，吹过山岗
满山的枫叶在"沙沙"声中翻飞
那是秋天在跟我打招呼

在留客广场

◎ 姚碧波

在留客广场，柳永早已远去
留下的只是满山的闲花芳草
以及无数翩翩飞翔的蝴蝶

山坡上开满了野菊花，黄灿灿的
明亮得像一个个小太阳
似乎要把整个山头都点亮

那些蝴蝶，有着柔美的身姿
在风中，那色彩斑斓的翅膀
美得炫目，比野菊花还要美

我想亲近草木，与草木对话
收集草木上的露珠
甚至收集起一个夏天的蝉鸣

清风中，我独坐留客广场
倾听来自长岗山深处的孤寂
在内心回荡，久久不散

留客亭

◎ 姚碧波

亭子建在留客广场
建在造景模拟定海古城墙的高处
六角飞檐，有着江南的韵味

亭子名源于柳永的《留客住·偶登眺》
词里极写定海山水之明丽
如今这已成为981年前的典故

亭子边的山坡，开满了野花
我独自坐着，面对古城
定海往事如烟云般扑面而来

时间悬在亭子上空
我只是匆匆的过客，微风也是
长留这里的，是长岗山的静寂

方圆井

◎ 姚碧波

天圆地方，多好
这来自长岗山深处的清甜
有着大山的灵魂，富有蕴涵

我眼里的井水，复归最初的宁静
在山脚下、在绿道边
坚守着，像大山的诺言

这井水，幽深，清澈而明亮
饱含着岁月的纯真
喝上一口，能滋润身心

更多时候，方圆井心如止水
在那里，执拗地等待你我的到来
那一抹蔚蓝，如天空般辽阔

鸟鸣涧

◎ 姚碧波

一群灰白色的海鸟，呈分散状
栖息在水池的假山塑石上
似乎带着警觉，都抻长着脖子

数十只海鸟在这里栖息
一下子让长岗山异常生动
这来自海上的精灵，相互呼应着

我一度放慢了前行的脚步
怕惊动沉浸在栖息中的海鸟
猛地张开翅膀飞起来，飞走了

这些海鸟一直沉默不动
当我走近才发现是雕塑
栩栩如生的模样，引得众鸟飞来

竹雅亭

◎ 姚碧波

长岗山，满山的竹子
让人眼前翠绿连绵
也让竹雅亭有了江南韵味的风骨

夏初，坐在亭子里看风摇翠竹
那一片竹林张扬生长
带着锐不可当的气势

仔细观察，每一根竹子
都长得随性恣意
不为山坡和世俗所左右

在清脆而悠远的鸟鸣声中
竹子穿透了无垠的时间
就像一个印记，烙在长岗山上

我深知"竹子定律"的含义
前四年是扎根泥土打基础
等有朝一日破土而出直刺云天

台风印迹

◎ 姚碧波

台风像一把无形的剑，高悬着
每年总有那么几天
逼近舟山，在岛城上空挥舞几下

台风的身体里，藏着十万头老虎
它们一边咆哮着，一边想跑出来
其能量之大，超出一般的想象

我曾目睹过台风的来袭
以狂风暴雨、以恣意肆虐的方式
横扫一切，任何力量都阻挡不了

自有气象数据以来，影响定海的
台风年均 4.2 个，这里以时间轴
串联起这些台风的各种信息

把台风印迹铭刻在长岗山上
不是为了纪念，而是时时提醒我们
猛兽出笼的危害有多大

这是一条会呼吸的路，这是自然的路

◎ 俞跃辉

这是一条会呼吸的路，这是自然的路
这路上有鸟鸣涧、日晷台、樵客亭、留客广场
这路上有竹林、枫香树、飘香树，清新的气息在围绕
这路上有瓢虫在爬行，有黑色蝴蝶在花丛间飞舞
这路上有肉肉在自由地敞开心扉
这沿路经过的树根边有几只黑红相间的蜈蚣
我在这条路上走着，呼吸慢慢均匀
慢慢连同那些花草树木、昆虫和鸟类
我的呼吸就像早晨的天空广袤无边

知秋台

◎ 俞跃辉

一片叶子喊秋来了
另一片叶子跟着喊
秋真的来了吗
秋如水渗透，秋如风徐徐

叶子悄悄变了颜色
这秋的绅士戴着礼帽稳稳走来
这秋的女子呈现成熟的风韵
鸟飞来飞去，歌声有些深沉
知秋台上，我接受秋的讯息
猛不防与秋相拥相抱
这秋的脸通红似火，有的变得金黄
一阵风起
秋翩翩起舞，这极致的美丽
慢慢带来苍凉

在长岗山上

◎ 虞兵科

在森林里游荡的自由的山风
把天空洗成了一块蓝玻璃
会"呼吸"的山路上布满了鸟语和野花的香
和着潺潺涧水，充满大自然的抒情
鸟声来自对春天的歌唱
花香来自对阳光的赞美
涧水来自对山野的眷恋
而我们，来到长岗山上最想做的
是追随风，追随阳光
追随这鸟语、花香和涧水声声
做山野的隐士，吟诗赋文
长岗绵绵，我从不怀疑它隐秘的美
正如我所觅到的气息
是青的，是绿的，是香的，是自然的

长岗问涧

◎ 虞兵科

从山间而过
是不腐的回声，胜过鸟鸣、山风
流水汇成大自然的另一本诗集
每一首诗眼都是山水的玲珑
在长岗，我听见的流水声
是从心的缝隙间传出来的
不用交流，流水代替了四季的语言
还有山峦、云朵和落叶的影子
在替我传达有关于涧的表述
山高水长，山一程，水一程
流水带走的是时光
留下的是问时光的人

知秋台

◎ 储　慧

秋步步逼近，请不要告诉我它的方位
这一次，我想用归隐者的身份寻找

沿着长岗山段深呼吸往前走
用三片银杏叶做造型的地方便是知秋台

环顾四周，柔美的曲线和色泽令人愉悦
若席地而坐并仰望——天空与云朵
在朝霞的映衬下芭蕾的脚尖
与秋风、秋阳跳起了舞蹈
曼妙的舞姿垂涎……
秋的深邃与纷繁在恍惚中一览无余

必须承认：凋零和萧瑟这两个令人沮丧的词语
在这里俨然被唾弃，被行人耻笑
随时随地，一幅如梦似幻的云廊秋景画卷
可拥入怀中，只要你愿意

长岗山大草坪

◎ 储　慧

疯狂的绿、疯狂的雾
在蜿蜒起伏的青色里，做着欢喜的事

躺在你的怀里，汹涌在暗处，缠绵在明处
当春分吹醒大地，欢笑声遍地开花

我要用漫游的姿态去剖析一条云中栈道
与水流作比对，与午后的一小撮时光为邻

我还要在祖母经过的地方再次盘根错节
用绵密的爱去揭开它真实的身份

与顽石对峙，与壁画倾诉
与身陷囹圄的花草、虫子，还有孩童
一起梦呓，一起嬉戏

当风从四面八方吹来，疯狂的绿
疯狂的雾，是"你的呢喃，我的自语"
是秋天里你我最热烈的表白

观景水池

◎ 储　慧

冲出谷底的那股暗流已被制服
它不再是一头到处乱窜的疯牛

现在的它更像是一位要求重新做人的囚徒
平静地待在自己的领地改过自新

作为罪人，它在为自己曾经的狂躁买单
为不光彩的过去不停地忏悔

请不要质疑它的华丽转世。你听：潺潺的流水声又绵又密
似一首叮咚流淌的打击乐曲，在耳畔回响

你看：那葱绿的倒影、游弋的翅膀，还有
湛蓝的天空，甚至石阶都是它的座上宾

不得不承认，自从被迫改头换面后
自卑的它一跃成为人们口中的一颗痣

留客亭：记柳永

◎ 林红梅

一个人的前世和今生，在
初夏多雨的下午
沉默又含义深刻地重逢了斑斓无处不在

足迹停留在这里，一个东海边陲的小小岛屿
海水有太多的盐分
新的春天尚未到来
柳七郎洗去了汴京河的香脂花膏记忆不断收缩，新的雨
打在旧的雨上
不断堆高的盐垛接近了云的高度
在云廊，只有风为不断模糊的岁月
提供问候
而你留下的词阕，都是
终已开阔的情绪倒影
并在山海，不停提供着多舛又易折

深情且怀天下的落款

日晷台观

◎ 林红梅

一场大雨过后，我把日晷台搬到云上
每天子午时抬头
在那些蓝色和白色的缥缈中间
看到一些晶亮的眼睛：
把太阳投射的影子
镶嵌在月亮的经纬线里

我们从来没有访问过的古老国度
衰老或者繁盛。其实都
没有价值
那些青铜器、纺织技术、丝绸和象形文字
被一座日刻的晷仪记录着
成为记忆的连接者
这些诞生，让延续有了微妙的平衡

需要联系，文明以某种形式在亘延
很多年以前，我们没有
时间的概念
天地懵懂
有人结绳记事，漏刻计时
而太阳的投影让子午线有了泾渭的分明

今天，我在空旷的日晷台
仰望，看自己的影子
在阳光下不断拉长
看现在的自己和过去的我
存在一种结构：
我们中的每一个都在另一个之中
时间，已成为庞大的持续
为了永恒，我们必须
把自己再次分割——沿着
山与海的轮廓
而那些有序的走向
恰好构成了对现在的最清晰的表达

拖雨潭

◎ 林红梅

这是一种特别霸气的力量
在长久的漫游后，你来到这座湛蓝的山巅
如同玩累的孩童
在五月最美好的黄昏
被成熟的父母拖进怀抱
一切都是无预设的场景
喧嚣与静谧有着
不违和的和谐

此时，大雨情绪浓烈。或许荡漾的水花早已凝成
热情的容具
如果你愿意，旁边是
葳蕤的树林
还有更连绵的花草
在接下来都是水汽弥漫的日子里制造云雨，制造
滂沱的水声，并把自己
重叠在那个有年代记忆的
水库里
从动到静，一起固守四季
那需要提炼的沉淀
那即将融入烟火人间的

至柔至清与至味
即便进入最浑浊的容器，最喧闹的街衢
也将收获最琐碎的需求和
比喻

樵夫亭留存

◎ 林红梅

那个亲历了一棵树一生的樵夫没有姓氏
雕刻般的脸泛着太阳的颜色世袭的谋生手段
只配进入山的底部和外表

通常情况下
我们的理解是这样的：
清晨他会追随鸟鸣进山
需留意一些年轮的交替和
神秘的痕迹
山脉的内部有微妙的走向
那些迷阵与古老的召唤
是祖先绵绵循环的生命见证吗

太阳西斜的时候
樵夫开始下山
劈木成柴。在灶火的光焰中献祭一棵树的一生
这样的叙述被重复了几千年
有时候也会赋予它一些更深的含义
比如用书香包装自己的子嗣
把耕读作为绵祚的期冀
我承认，农耕社会有了精神的翅膀

张信，应氏和余家还在荣耀着他的后人
状元桥的接壤
五子登科和一门三尚书
是昌国天空永久的回音
今天，我尝试从更遥远的角度眺望樵夫
原来他已经有了姓氏
他姓赵，姓钱，姓孙，姓李，姓百家
并习惯在清晨追随他的脚步
习惯和太阳一起下山
收获鸟鸣和南山
并为它们留出足够的空间

竹雅亭

◎ 林红梅

又是一个亭子。就在
一天之间
一根沉默了四年的竹子完成了力量的蓄势
一再修改自己的长度
因为无数水汽的涸漫，它没有停止生长的速度

谁都想把它的五月告诉夏天在沉静的亭子守候。一个
孩子在爸爸的身边建造房屋
他捡来竹枝、竹条、竹叶还有小石子和沙
搭一座圆形的小房

房子没有建成。孩子
开始沮丧
爸爸小声地给他读竹子定律
无人知道回家时
他的心头已经吐出了新芽
在未来，也许他能建造
更大的楼房，或者是夏日蝉鸣中的闲静，以及
山海中烟花般的
云霞

呼吸的路

◎ 林红梅

一幅画挂上长岗山麓

科普台风的出口

一起折叠红卫、城北、虹桥水库的水

五峙山的海鸟和问涧亭的烟雨

掩遮了樵夫的砍柴声

只是今日禁山

向暖的春风有南来的旨意

而知秋的叶已遗忘了爱和恨的秩序

柳七郎至今未归京

《留客住·偶登眺》的映景断章在

雨和雨的空隙中

那条一直呼吸的路，成为

留客的前途

众人乐山，我亦喜水

天干地支二十四节气在今夜

长出蝴蝶的翅膀——

一起窃窃私语着风调雨顺的

果实

东海云廊的守望

◎ 陈　斌

日照泉边，我抬头只见泉的顶端
水珠可能经风，泛起了涟漪，生了波纹
比珍珠还要圆润，比星辰还要密集
我缓缓走近它。越行，心越沉
目光越往深处探寻

仅剩一泓清泉
仍流淌在东海云廊的幽谷之中
"那么宁静，像世界的最后一首歌"
像一首歌中吟唱着一个故事——

泉边苔藓覆盖的石阶
四周环绕着翠绿的竹林
脚下是湿滑的青石板，脚步轻移
泉水潺潺，只闻其声
水花溅起，如珠如玉

泉底是否有鱼，我看不见
清澈见底的水面
总是让我心醉

定海之眼：云廊日暑台

◎ 陈　斌

日暑台上，定海之眼仍未
闭上。我凝视着那些守望的
视线，喧闹的石桌，静坐的石凳
夕阳匆匆，一闪即逝
"云海翻涌在蔚蓝的天际线上"
高楼、桥梁，暂时是属于我的
晚霞只是序幕，凭山风的
低吟，即可感知
城市的脉动
就让视线的远，尽情地连接
"星辰即将升起"
铁轨旁的港口，呼应着定海的
灯火辉煌。思绪一顺到底
有人继续远望，有人举杯邀月
无形的宁静与有形的喧嚣
释放瞬间的永恒

在这里，日暑台上，我俯瞰
整个定海城区，心随云卷云舒
不愿离去，愿在此守望

樵夫亭畔：云廊的守望

◎ 陈　斌

他们前行的样子
和我正好相反
疏散有序，渐渐脱离
视线之外——我的足迹凌乱
我跟在替我担水的扁担
后面，是一片初夏的樵夫亭
脚下有若干隐秘的石径
石径又窄又曲折
但一步也是路。我还是
很费力地跨过去
风若无其事地吹，我的相机轻摆
把一些风吹不走的忧愁
悄悄卸下肩头
水若无其事地流淌
青苔走不远，樵夫亭够得着
"樵夫什么都担，一直担到心底"

在这里，樵夫亭畔，我静听
流水潺潺，心随波光粼粼
不愿离去，愿在此休憩

留客亭下：云廊的诗意邀约

◎ 陈　斌

你来了，留客亭仿佛自己敞开了怀抱
亭中，一曲悠扬的古琴
被轻拨

琴声与云廊，相伴的感觉
是宁静的。它们都有悠远的去处
某种悠扬的沉默

古琴之声
不在于高亢，在于
留客。油纸伞轻轻摇曳了时光

我感受，时光的流转
并沉醉于古韵
被唤醒的记忆，不厌其烦地诉说故事
"留客亭下，一直留到心底"

云廊山行

◎ 陈　斌

一种认知的转变，非任性所为，
此刻我驻足，细数东海云廊的韵律。
轻踏山石，步入长岗山的怀抱。
仿佛一条古道，
在山间蜿蜒，被绿意掩映。

一条曲折的小径被岁月雕琢，
我欲穿越此径，
探访被云雾缭绕的山巅。
小径虽窄，却承载着历史的厚重，
每一步都踏着金性尧的诗篇，
六月已逝，山间的风，带着清凉。

在山泉水，本就清幽，
潺潺流水，回响在耳畔，不舍昼夜。
若言离山，水能化作泽国，
也应长自向低处流，不问归途。

葛翁池的传说

◎ 陈　斌

在舟山的波涛间，传说悄然流淌，
东京城的沉没，预言在风中回响。
葛仙翁，那位诚实的青年，
背负着母亲的重量，逃离灾难的阴影。

吕纯阳的指点，油滴试炼人心，
石狮血口，是天谴的先声。
葛仙翁，你的脚步坚定，
在命运的征途上，不曾停歇。

假山塑石，诉说着千年的故事，
葛仙翁与母，雕塑在池边静默。
自然与生态，和谐共生，
故事场景，生动展现，宣扬着佳话。

池水如镜，映照着葛仙翁的忠与孝，
塌东京，涨崇明，历史的轮回。
翁山之名，因你而流传，
定海的县名，承载着你的传说。

在葛翁池畔，我们聆听历史的低语，

你的精神，如水般清澈，滋养着这片土地。
葛仙翁，你的故事，如池水般永恒，
在每个心中，轻轻荡漾。

日晷台上的时光

◎ 陈　斌

站在日晷台，视野无边，
定海城区，尽收眼底，一览无遗。
日照充足，无树木遮蔽，
日晷台，古智今用，时光的见证。

石质日晷，静默而立，
子朝南，午朝北，指向天际。
指针微偏，因地理之故，
却不影响，它对时间的诠释。

日晷台上，我与时光对话，
日晷仪小品，记录着光影的流转。
每一道影子，都是时间的脚步，
在这片土地上，岁月静好，历史悠长。

太阳东升西落，日晷无言，
却在无声中，诉说着时间的秘密。
定海城的繁华，与日晷台的静谧，
相互映衬，构成了一幅和谐的画面。

在这里，时间似乎变得触手可及，

日晷台，不仅是计时的工具，
更是智慧与自然，完美融合的艺术品。
它提醒我们，珍惜每一个瞬间，
在不断流转的时光中，寻找生命的意义。

樵夫亭旁的守望

◎ 陈 斌

在长岗山的怀抱中，水池静卧，
原石堆砌，自然的造景，岁月的印记。
樵夫亭，依山而建，古朴而宁静，
渔樵耕读，古时故事，在现代延续。

山势起伏，水声潺潺，
樵夫亭边，是村民们的休憩之地。
砍柴为生的岁月，已成往事，
但那份勤劳与坚韧，依旧在心中铭记。

亭中静坐，听风吟，观云卷，
思绪飘远，回到那古老的时光。
樵夫的身影，在山林间穿梭，
一担担柴火，温暖了家，点亮了希望。

樵夫亭，不仅是休憩的场所，
更是历史的见证，文化的传承。
在这里，我们与自然和谐共处，
在这里，我们与先辈的精神相连。

岁月流转，时代变迁，

樵夫亭旁，故事依旧，情感依旧。
让我们在这里，放下繁忙的脚步，
在这片静谧中，感受生活的真谛。

日照泉与方圆井

◎ 陈　斌

日照禅寺的钟声，悠悠传来，
在山脚下，古井静默，名为"日照泉"。
百姓的日常，取水的欢声笑语，
在这里，历史与生活，交织成一幅画。

茅草亭，古井之上，庇护着清泉，
生态的造景，自然的恩赐，方便居民。
井水甘甜，滋润心田，生活之源，
方圆井，新掘于施工中的意外发现。

"方圆井"，天圆地方，古人智慧的象征，
井水涌动，警醒人心，规矩之重要。
无规矩不成方圆，生活之道，井中映照，
在这井边，我们汲取的不仅是水，还有智慧。

日照泉，方圆井，古与今的对话，
在这里，时间似乎凝固，历史似乎重现。
每一滴井水，都是自然的馈赠，
每一次汲饮，都是对生活的感悟。

在日照泉边，感受岁月的沉淀，

在方圆井旁，体会规矩的力量。
两口井，不仅是取水之地，
更是心灵的栖息之所，智慧的源泉。

竹雅亭之韵

◎ 陈　斌

在竹林深处，新竹争高，
旧枝扶持，岁月静好。
"十丈龙孙绕凤池"，诗意盎然，
竹雅亭中，律动生命的旋律。

废弃水塔，焕然新生，
竹笋造型，破土而出，向上伸展。
与青翠竹林，交相辉映，
在这片绿意中，诉说着成长的故事。

竹亭之下，老石板铺就，
游客漫步，休憩，心随竹影摇曳。
竹林稀疏处，竹雅亭静候，
是自然的馈赠，是静谧的港湾。

新竹旧枝，相互依存，
如同人生旅途，老少相伴。
竹雅亭旁，我们感悟，
生命的力量，在于传承与扶持。

在这里，竹的定律得以体现，

活力与向上，是永恒的主题。
竹雅亭，是休憩之地，
更是心灵的驿站，精神的家园。

在竹雅亭，聆听风穿竹林，
感受岁月的温柔，自然的和谐。
在这里，我们与竹子一同成长，
在这里，我们的心灵得以净化与升华。

长岗飞瀑静观

◎ 陈　斌

我什么都可以放下。唯独
这片云海，不能交给你
就在这里静观吧
这是当年我
迎着朝霞，送走晚霞
用山间清泉，林间鸟鸣，自家脚步声
请来共赏的老朋友帮忙描绘的：
千尺高，百丈宽，气势磅礴
瀑流急，水雾漫，心神怡
春花，秋月
好坏就在这瀑前，我们静坐
出山云雾绕，归途星辰伴
这瀑与云海相连，情深
只有风起时才显真容

我不愿踏上你的高楼大厦
去一次，便忘却
自然之美，在这里
长岗飞瀑，东海云廊
是心之所向，是灵魂归宿
不愿离去，愿在此终老

鸟鸣涧的低语

◎ 陈　斌

春风轻拂，鸟鸣涧边的树梢低垂
水波不兴，一池碧水的内心静谧而深邃
从细碎的涟漪中透出天光
一只飞鸟明显放慢了掠水的速度

一滴晨露滋养了清晨
一缕阳光温暖了午后
一抹晚霞照亮了黄昏
一池碧水用静谧养活了飞鸟的歌唱
依靠。多么宁静

隔一丛竹林，竹林的那边是一片花海
那些起舞的，嬉戏的，低语的都自由飞翔
这些细微的律动和秋天的宁静
它悠然，静静聆听

有一片鸟鸣涧就足够了
起初它适合在一石上独舞
现在它渴望宁静，渴望沉思
左手抚摸着清波，不让右手的笔尖
留下一丝痕迹

竹雅亭的守望

◎ 陈　斌

竹影婆娑，竹雅亭下轻吟低唱
新竹挺立，老竹默默扶持
这是初夏

初夏的竹雅亭尚未全盛
嫩绿、清新，摇曳生姿
叶尖、枝干

而竹雅亭只顾
悠然地美着

哪有啥繁华啊
无非是一些闲庭信步的游人
吟诗的、作画的，还有
品茗的雅士

阳光从竹叶间洒落，像是古琴弦轻拨
落下的音符
"可以照亮竹雅亭的轮廓而不能掩盖竹的清韵"

雅士倒有意思

茶杯从左手换到右手又从右手换到左手
最后，索性放下

双手展开
一扇夏天

问渠之思

◎ 陈　斌

在静谧的庭院深处，水池静卧，
原石雕琢，赵孟頫行书跃然其上。
阴包阳的崖刻，古朴而深邃，
"问渠那得清如许"，字里行间，智慧流淌。

水，源自深山幽谷，活水不断，
滋养万物，洗净尘埃，心灵亦需澄明。
读书如饮源头活水，汩汩不息，
知识的泉流，滋养心田，智慧的涟漪。

水池边，我凝思，反省自我，
是否如这清澈的渠水，不断更新，不断前行？
学习新知，如泉涌不竭，心之所向，
方能抵达，那更高的境界，心灵的彼岸。

问渠，亦是问心，求索不止，
在知识的海洋里，扬帆远航。
每一滴新知，都是心灵的滋养，
在不断的学习中，我们得以成长。

水池静默，岁月悠悠，赵孟頫的字迹，

提醒着世人，唯有不断学习，方能心灵澄明。
问渠，问心，问世界，
在知识的旅途中，我们永远年轻。

风调雨顺的祈愿

◎ 陈　斌

箱涵段出口，截洪渠的终章，
"风调雨顺"景观区，祈愿的场所。
四扇朱漆大门，古色古香，
刻着国泰民安，期盼着福泽流淌。

五山水利，工程宏伟，
随着它的建成，雨水顺畅，
汛期安然，百姓安康。
泰山石耸立，高五点六米，
"五山水利"刻于正面，背后赋诗铭心。

白墙黛瓦，三层飞檐翘角，
舟山古民居的风格，层次分明。
视觉上的冲击，气势壮观，
中国古建筑的灵动轻快，韵味悠长。

出口处，不仅是水的归宿，
也是心灵的寄托，希望的象征。
在这里，我们感受到历史的厚重，
在这里，我们见证着智慧的结晶。

风调雨顺，是自然的恩赐，
也是人与自然和谐共处的写照。
在这里，我们与历史对话，
在这里，我们向未来展望。

让我们在"风调雨顺"前，静心祈愿，
愿雨水顺流，愿国泰民安，
愿五山水利，福泽千秋，惠及万代。

行走在长岗山大竹海

◎ 阿　能

这个清晨，起得比阳光还早
春天的第一缕馨香
从鸭蛋岭上挂下
沿着幽静的东湾，十里竹海青翠欲滴
沁人心脾，陶醉了竹林里婉转的小鸟

日照泉含着阳光，喷涌在竹林缝隙
雾霭渐渐退去，清韵滴露
晶莹剔透，在微风中摇曳成阵阵珍珠雨
行走在长岗山大竹海，使人感受到静谧而深邃

心，冬眠了整整一个季候
随着脚步声开始萌动
竹笋冒出地心，吱呀呀地拔节
满目翡翠中，一不小心撞破了苍穹

有一滴竹露
洒落在敞开的心扉上
神清气爽，令人心颤
渴盼已久的梦想
就是在这行走的季节里孕育
行囊里只有一缕晨光

方圆井

◎ 阿　能

天圆地方，镶嵌在五山云廊上
这是一对透明靓丽的瞳仁
这井，晶莹着日照月光
那井，沁仪着长岗风云
春雨夏露秋霞冬雪
滋润了四季荏苒时光

当井水冰晶成一首朦胧诗
才有了澄明的灵魂
每一个人徘徊井边，都想诗意地稍息
掬水月在手，去滋润干渴咽喉
洗涤千年古城的斑驳羽翼

清韵竹露

◎ 阿　能

清晨，我从云廊竹林深处
打捞着漏夜欲滴的露珠
用阳光的触角打磨抛光
温润被蒙蔽了长夜的灵魂
直到曙色微醺，闪亮了心头那片
被黑色染透的森林
你在我的身边掠过，只带去
一片淡淡的青葱吻印
那是初阳，抹不去的咬痕

第四辑

擂鼓山篇

状元阁

◎ 姚碧波

登上状元阁，凭栏而望
远眺定海湾，大美如斯
美的词语，恐怕字典也难以查到

岛屿间，那些蓝色的水道
被午后的阳光追逐着
远处，海水涌向宁静的天空

白云飘荡在城市上空
满目皆是，跟随着风的方向
生动异常，任由风吹云飘

天空敞开着，像打开的贝壳
毫无保留地，足够装得下
岛屿和海洋，高山和城市

此时，我的内心澄明而辽阔
我要把爱交给眼前的江山
那里有温暖和生机

松树林丛林穿越探险乐园

◎ 姚碧波

满山皆是美国松树。我喜欢松树林
也喜欢在丛林里穿越探险
那是你我的乐园，有着兴奋和期盼

走进丛林，林下空间广阔
松树挺拔，充满活力
松树间，有风在追逐着松涛

丛林越来越密，再稠密的林间
也有阳光落下的地方
也有明亮的爱在松针间闪耀

在林间，越走越深
有时走着走着迷失了方向
我愿意那样迷失在丛林中

在丛林深处，静听
松涛阵阵涌动，由远而近
像是要掀翻隐藏在林间的秘密

树抱石

◎ 姚碧波

把石头用树根紧紧包住
像是来自爱人的拥抱
百年时光，竟然一起过来了

树根和石头，物种不一
但都是大地的孩子
两者相连，许是前世结下的缘

一条条树根，粗细不一
每一条都用力地拥抱着石头
和石头一起生长的信念从未改变

树抱石亦称木包石、根包石
这没有本质上的区别
在擂鼓山，重要的是有爱就有奇迹

这一支如椽之笔

◎ 俞跃辉

这一支如椽之笔
悬挂于真武山的云廊平台
怀抱着定海城的万千气象
聆听城市上空的星河云汉
哦，这浩大的笔墨纸砚早已伺候
在一点一滴一撇一捺之间
一篇云汉浩渺的文章洋洋洒洒地来了

这一支如椽之笔
如同诗人远眺，在光与影的斑驳中沉思
他吸了一口气，激情澎湃
就这样蘸着定海的文化星空
蘸着这沧桑巨变、绿水青山和五山水利工程
一挥而就

状元路

◎ 俞跃辉

一条缠绕在青山绿水之间的路
一条与云相伴的路
一条绵延不断的定海文脉
学子们缩着身子在寒风的考场里
一批批进士顶着文化的星空来了
余天锡、应儵在仕途的山巅转身
虹桥书院、翁州书院擦亮学子迷茫的瞳孔
有时候我真的想问张信一句话："你为了什么"
一个年轻的状元，为正义献身
张东辉、孙斌勇们一次次潜入科研的海洋
在海水中掘出珍宝献给祖国母亲

这条路还不止于此
这是一条贤士通达之路
这是一条文明进化之路
这是一条家乡振兴之路
这条路状元、进士、院士、贤士交相辉映
以英名留史、以诗文留世、以报国志爱乡情照耀后人
柳永《煮海歌》煮出了大海和盐民苦水的结晶
一山一宁把禅宗的芳香从普陀山带到了日本
三毛唱着《橄榄树》与家乡的泥土痛哭一场

那些魂魄是属于定海的，至少在生命中的某一刻
那些文化是属于定海的，也是世界的
这条路留存他们坐而论道、冥思苦想或者殚精竭虑的身影

这条路镌刻科举制度、四书五经六艺七谋和劝学
这条路演绎魁星点斗、连中三元、状元游街的美好场景
这条路传诵"一门三尚书""五子登科"的佳话
我们登上高高的状元阁
心胸和气象为之打开
我们要对那些扭曲的说"不"
我们要把状元的魂魄写在家乡的山水之间
我们要把状元的精神写进家乡奔跑的脚步
在状元阁挂上一张红色的祈愿卡
愿家乡美好如斯，愿学子发愤图强

怀古园里住进了余天锡和应傃

◎ 俞跃辉

两个南宋宰相一前一后住进了怀古园
文官武将和马是他们的伙伴
经历过风雨，都缺了胳膊少了腿
昔日，他们在有限的光阴里拔出朋党之争
创办了书院，学子们的琅琅读书声如蓝天上传过的鸟鸣
死后成了塑像
睡眠埋入深处，不经意间
一千年就这么过去了
打开睡眠的花朵，他们就矗立在定海城的另一个方向
用手指指点点
他们微微地颔首
有时候皱起眉头
他们看得比我们更明白也更着急
有时候会感到惊讶

昔日的采石宕口，现在思古怀远
松柏和水杉长青
水唱着歌围绕
我们仰望一千年前的宰相，如同仰望星空
他们在那里安心地住着
等我们都离开这个世界的时候，他们还住着

秋天的状元阁

◎ 俞跃辉

秋天，随着一阵阵风雨
花草树木渐渐变了颜色
花端起多色的酒杯
山腰间那层层叠叠的树红似火、黄如金
秋天已深，我们要多披一件外套
免得骤冷
免得错过了那花花草草的秋韵

秋天在海边，风和浪唰唰地摇动船舷
秋天在高高的状元阁上，我们凭阁临风
宠辱不惊，就像状元自信而稳健的样子
来了来了，我们与状元阁一起
我们就是状元

秋天伴随着风雨，一阵阵的痛在孕育
状元阁终于开出了一朵饱经风霜的花

状元桥与张信

◎ 俞跃辉

定海东、西大街的环城河边有座状元桥
这座桥始建于宋朝，卧听着河水千年不息
那古树上挂着灯笼，码头边泊着船
它们在等待什么

慢慢走来一个叫张信的状元
他是否在刑前的夜里走上状元桥
手摸遍桥上的青石栏杆
是否枕着环城河的声音入睡
是否仰起头看着红灯笼眼眶里有无数的话
这家乡百姓曾引以为豪的榜样
当大家还都沉浸在舟山第一个状元的荣光时
他已经站上了朱元璋的断头台
这明朝科举考试制度的牺牲品

他现在一脸平静地站在真武山上
与云朵树木为伴
他只是塑像，后面有着山呼海啸
有着静默的雷，有着深刻的印记
过去了多少年，人们还在说"张信张信"

究竟是先有状元桥还是 208 年后的张信？

有了状元张信，状元桥源源不断的文化就来了

这女孩出嫁都要戴着凤冠霞帔，坐着轿子披着红头巾

一路吹着喇叭，有哭有笑

过去了多少年，人们都在说"张信张信"

大飞机

◎ 俞跃辉

飞越千山万水，飞过万里云端
一架"飞腾号"大飞机
栖落在擂鼓山上
它不再轰鸣
它只是静静地看着状元阁、定海城
这么笨重庞大的一架飞机
也许你会觉得突兀
但是它俨然成为云廊的一种生活方式
人们笑颜如花地围着它拍照
在它前面的大草坪上放飞自己

从很远的地方仰视这架飞机
它银灰色的身体在阳光下有些耀眼
它似乎要飞起来
它支撑一下身子真的要飞起来吗
起飞已成为回忆，这梦境中最美的姿态
也许它在做着一种蝶变
它就要这静止，这静止中的飞腾
空中餐厅、咖啡吧，空姐美人鱼般穿梭
人们俨然开启奇妙的空中之旅

洞天艺术馆

◎ 俞跃辉

我没有深入探究
这潮湿和带有雾气的防空洞
这别有洞天的艺术馆
那艺术的声音如此纷繁
画上鸟在啼叫，鱼在游动，树叶在发芽
那山水中的场景，如同我们静坐沉思
木雕里美女传情
紫砂壶、陶瓷凝聚着工匠们的心血
古朴的书法拓片里颜真卿、怀素、苏轼、黄庭坚一起捻着
胡须指指点点
剪纸艺术演绎着"福"的风姿神韵
树抱石竹韵生香
我为这艺术的美轮美奂而惊讶而感叹

我生怕惊扰，举手投足间都静静的轻轻的
这么多的艺术作品
这些灿若星辰的大师
我循着洞天来回走动
有时候迎面致意
有时候用目光轻轻抚摸
有时候缺乏心神交汇的瞬间

但它们无疑都在那里
不会因为你我的忽视而失去光芒

这定海新的文化地标，在擂鼓山云廊段
老人、孩子、情人和一家三口循着来了
来了，艺术悄悄唤醒了麻木的感觉和灵魂
来了，洞天艺术馆让定海城更有文化底蕴

树抱石

◎ 俞跃辉

是 100 年前的哪一阵擂鼓
是雷电、是风暴、是洪流
树与石轰然撞击在一起

是 100 年前的哪一场际遇
树与石野蛮地攻占，互相纠缠
分不清是树抱石还是石抱树

是擂鼓山 100 年的岁月洗礼
它把它嵌入骨髓嵌入灵魂
它黑不溜秋，满身伤痕

在今天擂鼓山云廊段
我发现了这被镜框保护的它
它冷冷地依然在呼吸

夏，在云廊书画院

◎ 俞跃辉

拐弯，上了山坡
仅仅不到 50 米的距离
城市和山居泾渭分明
他潜身在小山坡，枫树怀抱，爬山虎缘墙攀爬
在散发着一丝丝潮和霉的老房子里
探头望望城市的万家灯火
低头听听虫鸣闻闻草木清香
心里有山就画山有水就画水
有东海云廊就画东海云廊
有书画的展览就是书画一起的盛会和叮当作响

这个夏天，我轻叩红色木门
绿色盛满院子，又高擎着遮住太阳
依然是爬山虎，一丝丝的潮和霉
我与吴齐行在喝茶中感到清凉
风往山坡吹风在满眼的绿里徐徐吹拂
风拨开这世俗人生和艺术操守

在城市一隅，城市之外
吴齐行守得内心清静和山水花草
他的一幅《黄山秋色》在妻子眼中有了不一样的风景
艺术无价，只缘遇到那些发现的眼睛

文笔春秋

◎ 虞兵科

说到状元，不得不提张信
舟山千年来唯一的一位状元
说到张信，不得不提定海的状元桥
"人从石上行，状元此时生"
张信状元像，舟山院士墙
真武山上的状元道，从古走到了今
平台为砚，卷轴为纸
墨条刻字，云汉为章
山海云廊与笔墨书砚化于一境
天地间的"文房四宝"，文笔写春秋
走过状元路，心中也有状元梦
"五子登科"的"科"，留于自己的名字中

竞秋园

◎ 储　慧

一朵朵白云
被一朵朵粉红的小花吹醒
"咯咯咯"清脆的笑声在清翠的空气中
飘来荡去

耳畔有风，呼呼作响
好似一首动听的交响乐
沁人心脾

认真倾听：花草树木
及不知名的虫儿
轻盈如蝶，它们"排列成一行"

用最高调的礼仪
迎接小麻雀们的到来

竞秋园，孩子们的乐园
令人垂涎三尺

大飞机

◎ 储　慧

有时穿越云层需要隆重的仪式
比如：一架静默于云廊之上，擂鼓山巅的大飞机

它的名字叫——波音747
曾经的王者。是腾飞的代名词

庞大的身躯蕴藏着梦想与自由
如鹰的翼翅承载着希望把世界连接……
春风十里，鼓声点点
当勇猛的战士隐身于山冈之间

当冲锋的号角被旋转的螺旋桨吹动
你想要倾诉什么

是光明到来的一天还是往昔直冲云霄
的那一刻壮丽。驻足在你面前

我犹如一片卷曲的芭蕉叶
突然萌生爱恨情仇的滋味

树抱石

◎ 储　慧

是鬼斧神工还是天作之合？这一抱
抱了近百年，如今你与我
成为路人眼中一道亮丽的风景

所谓爱情就不该放手
所谓风花雪月就该如此这般狂热

虽然，隔世的童谣
早已被岁月肢解得支离破碎
但所幸的是，三生石上
依然留下了我们放浪的身影

春花烂漫，蜂蝶翩翩
你听！隐藏在擂鼓山巅的阵阵鼓声
是为我们补办的一场婚礼

云廊书径

◎ 姚崎锋

一

向擂鼓山的高深处行
去瞻仰那些品行兼备的好官
余天锡、应繇定在此列
怀古并非迷恋仕途
而是为了活好当下
借百姓心中的好官形象
正自己内心坚守的方向

勤学之路就在脚下
那些进士及第的先贤
哪一个不是寒窗十年
一面墙，59 位进士
浓缩了舟山千年的科举功名史

二

香樟林里，走向一条长廊
仿佛有贤达在尽头迎候
岁月翻出旧影

再现余氏和应氏先人的辉煌时刻
站在深重的大门外窥探
听见时空传来动人的传奇
"一门三尚书""五子登科"
这样的事本就是千年难遇
足够民间的说书先生世代演绎

三

饱读诗书不易
高中状元更是神一样的存在
或者可以亲切地喊你信或阿信
像曾经的年轻人迷恋
五月天和信乐团一样

死了都要顺从内心
你在明朝"南北榜案"里
付出了惨痛的代价
好在，有这真武山在

因为你，舟山定海城内
一段有关状元桥和状元传奇更扑朔迷离
对于我们，也许是没明断的意义
我只是想象
你一定是无数次走过了状元桥
又无数次地站在这真武山上
向着这山海的无穷尽处眺望
心中充满了无限的向往

四

至高点，群贤必集处
置一个亭子，用响亮的名字命名
给他们一个凭海临风的舞台
在舟山文人辈出的历史长河里
柳永、一山一宁、厉志、黄式三
黄以周、金性尧、三毛
他们有理由成为这个群体的代表
七人，正好围成一个圆桌会议
相聚在东海云廊，谈古论今

擂鼓山

◎ 姚崎锋

披挂一条华丽的腰带
擂鼓山摆了摆婀娜的身段
引我们走进它的腹地
登高处，山海尽收眼底

马尾松树下躺着无数的松果
这些小小的思考者
砸响了深秋大地的心怀
山中精灵们未及收藏
留给了一群捡拾诗意的人

在蒙蒙细雨里行走
秋色早已铺陈了无边的山林
此刻一个盛大的浆果正在催熟

诗人们何其有幸
走进香火缭绕的寿山古庙
在三千年前古老的阴沉木里
窥见了鳌鱼观音的绝世容光

竞秋园

◎ 姚崎锋

小小的景致大大的构想
秋千不同样，海山各千秋
坐一坐，荡一荡
坐化一身轻松
荡涤满腹积郁

一个小园包纳大千世界
秋千上的时光各有奇巧
静下心来徜徉
再小的疆域也有气场
再小的地方也是远方

进士墙

◎ 刀 鱼

在日记里写南行记
要写进士墙下的一个人
他住在云廊山脚
出身很苦，略有薄地
他种青菜，家里也晒鱼干
青菜用来对付
被割掉的胃
鱼干作为守护者的奖赏
要知道，墙上的某个角落
住着一只黑猫
他俩一出现，就已被镌刻

扶云桥

◎ 刀　鱼

在扶云桥上看云
明白云也是负重前行的人
它把雨水搬到城北水库上空
让我们看到雨雾中的风景
就像 20 世纪 90 年代我在老房子里
读朦胧诗，喝家酿酒
来扶云桥上看云
要带一点点诗意、微醺和怀旧

擂鼓山段，历史的诗行

◎ 陈　斌

扶云桥下，水波轻摇，
城北水库边，安平桥接，
踏过岁月的长廊，我们步入擂鼓山的怀抱。
这里，历史如海，文化如山，
千年的海洋文脉，深植舟山人的血脉。

状元阁矗立，及第廊延伸，
拙修斋静默，书山勤径，景致如画。
进士墙诉说着往昔的荣光，
观景台上，主题铺装下，古今交融的篇章。

擂鼓山段，不只一段路程，
它是定海人文的缩影，名人的赞歌。
每一块石，每一片叶，
低语着崇文重学的故事，回荡在风中。

海风轻拂，岁月悠长，
擂鼓山见证着学子的梦想与奋斗。
在这里，历史的回音，如潮涌，
文化的脉动，如诗行，流淌在心田。

让我们在擂鼓山段，静听历史的低语，
感受那些古老的传说，那些不朽的名字。
在这里，我们与历史同行，
在这里，我们续写自己的诗篇。

笔春秋之思

◎ 陈　斌

在真武山中段，笔春秋景观展开，
视野开阔，定海城北，尽收眼底。
平台如葫芦砚，承载着历史的沉淀，
笔架毛笔，墨条墨汁，雕塑成诗。

吴莱，元代学者，经史的深耕者，
《春秋》的专家，笔下的春秋，流传千古。
"挟山作书镇，分海为砚池"，
山海云廊，笔墨书砚，化境为一。

云汉为章，银河雅称，织女传说，
《诗·大雅·棫朴》中辉煌，天上展篇章。
乾隆御笔，墨上刻字，云汉为章，
文章如银河，灿烂夺目，帝王荣光。

笔春秋，不仅是景观，更是文化的传承，
在这里，我们感受着文人的情怀，历史的厚重。
墨条刻字，云汉为章，文章的辉煌，
在这里，我们书写着自己的春秋，时代的篇章。

让我们在笔春秋前，沉思与遐想，

在真武山上，俯瞰与展望。

笔春秋，是文人的梦，是历史的见证，

在这里，我们与古人对话，与未来相连。

读你，状元阁

◎ 阿　能

读你，在状元阁上
穿越了八百年风云时光
那年花落定海，你金榜题名
古城霁时间云蒸霞蔚
状元桥头，状元郎骑着白马
披红挂彩，鸣锣开道
敲响了定邑金榜传胪第一声

读书人的最大荣耀
那扇门被你一鸣开启
崇文敬学益盛古城之风
自此，擂鼓山下书声入耳
多少学子，勤奋书写人生梦想

为了守护人生美好时光
如你张信状元，蟾宫折桂
读你千遍，也不厌倦

状元阁

◎ 阿　能

"人从桥上行，状元此时生"
天开文运，一句谶言
首开了昌国进士文风

遥想八百多年前，书生意气的他
进京殿试，是从这座小小石桥出发
走出海岛
一旦，金榜题名状元及第
红花白马，过状元桥游街三日
他是好生威风

"张公应魁，启我后儒"
而今崇文道上，定邑学子接踵而来
为了状元阁上联桂

坝上行

◎ 阿　能

云廊飘过崇文擂鼓山后
一跃，跨过城北水库大坝
那边是书香真武山
再跨过红卫水库大坝
接上十里长岗竹韵滴露

老太走过水库大坝，看到坝子里
平静的水面像一面镜子
忽然掠过一群鱼
模糊了她伫立的影子

老头走过水库大坝
听到了
溢洪道里哗啦啦声
眼睛开始湿润，仿佛雾里看花
恍惚感觉到，心已被分流的山水带走

水面平静如初，老太跟着舞龙表演团队走出很远
老汉还在大坝上行吟徘徊
寻找流水声，失落在那里

春天，总是这样
坝上行，会拉长湿漉漉的雨季

第五辑

海山篇

海山时光隧道

◎ 姚碧波

穿越隧道，就是在穿越大山
空间不同，道路不同
但相同的是隧道内外的时光

隧道前身是防空洞，是时代的产物
如今作为云廊的组成部分
沉浸式的灯光秀，让人眷恋

走在隧道里，像是走在秘密通道
会暂时遗忘外面的尘世
随钟摆向前，获取通往梦想的钥匙

所有上山的人，在海山段
都会以步行或坐车的方式
穿越隧道，穿越人生的一段时光

增辉桥

◎ 俞跃辉

在青山怀抱中
一片炫目的红点燃了我
红、红、红
层次分明又立体凸显
这红里有火热、有沉思、有奋起

红色书卷徐徐展开解放舟山的壮烈场景
红色水纹里铺排着奔腾不息的革命精神
红色火炬盘旋上升，擎至顶点与云朵相握
我在这炫目的红中向上向前
在大榭、金塘、桃花、登步岛战役的浮雕前
闪过那些战士年轻而坚毅的面庞
闪过阵阵硝烟、水花和密集的枪炮声
我被一阵红噎住，被那止不住的红呛出了眼泪
那是战士喷涌的鲜血
那是缓缓渗透这片土地的红色印记
那是铸就这今日"光照千秋"的增辉桥
我是红色战士，是吹响的冲锋号
我深吸一口气，鼓起腮帮
吹吧吹吧

时光隧道

◎ 俞跃辉

从英雄火炬下来
我与这熙熙攘攘的人群一起穿越时光隧道
从舟山跨海大桥、高楼大厦开始
到复兴号银色列车停下脚步
我听到一路的惊叹、欢笑和叫喊

在树林花海里大口呼吸
在阳光沙滩间追逐海浪
在云端天梯中缓缓漫步
这是数字赋能的精彩演绎
这是家乡蝶变的动人乐章
老人、孩子、情侣
一个人，一家人，一群人
像蝴蝶快乐飞舞，不住地按动快门

一条并不起眼的军用坑道
原来汇聚了这么多这么多
时光就是隧道穿越的时间
时光就是这些年的天翻地覆
在这里像个万花筒，也是幸福的传声筒

重走英雄桥

◎ 储　慧

在这里
"红色催生一切"
小白花和松柏手牵手
颔首低于
映山红插遍了山野

在这里
东风破，西风烈
冰冷的石碑上镌刻着
一个个鲜活的名字
他们没有来世的路
却有一座回家的桥

在这里
沉默融化一切
火炬把英烈高高举过头颅
把一张张圣洁的脸庞
拾起

在这里
红是祭奠荣光的最高礼仪

飘带桥

◎ 刀　鱼

轻风吹起的时候
飘带桥仿佛也飘了起来
红色的，呈螺旋状的飘带桥
又仿佛被轻风抬高的火焰
舔舐着 74 年前的五月
这辽阔的山海往事
繁花遍地，父辈们
听了一夜的枪声和波涛
从此刻起，历史
在教科书里被重新定义
黎明，将冲破栅栏
升起不朽的无与伦比的岛屿

一条叫海山时光的隧道

◎ 刀　鱼

在弧形天空下
鸟群平静飞过
抵达落雨的黄昏

我沿着一条叫云廊的步道
走向有你的夜
你是蓬山当然也是沧海
愿我所热爱的山海
无憾无恙无缺

过完夏天
时光将被我们用旧
涛声覆盖灯火人间
愿我想赞美什么
什么就能熠熠生辉

愿所有诗歌不再粉饰太平
所有的防空洞
都能成为我们
不断穿梭的景点

第六辑

竹山篇

夜探云廊竹山段

◎ 俞跃辉

一步一步
从 1687 开始，到 1840、1860……
每一脚进去
依稀有惊雷传出，血雨腥风
更有一种豪迈从脚下升起
短短 1.6 公里竟聚焦了这么多
最疼的是定海三总兵和 5800 将士血战六昼夜的悲壮
这一仗打痛了我们中国人的心
这一仗激发了我们的爱国爱乡情

我一脚迈出来
过去的已经过去，更多的是缅怀
300 多年的历史犹如一册厚重的书
一条不长却走不完的路
串联起英雄遗迹、祖国屈辱和民族自强
我默默前行

定海城万家灯火
幸福的语言如水渗透
有多少盏灯在叙述着竹山的昔日今生

忠荩井可风泉

◎ 俞跃辉

六昼夜血战
留下忠荩可风牌匾
留下忠荩井可风泉

那么多的血泪沉淀啊
水清澈凝练
映照出三总兵清廉操守、铮铮铁骨
映照出五千八百将士的厮杀呐喊
映照出蓝天白云和和平鸽

"自古忠孝不能两全
请安慰好我八旬老母"
葛云飞挥舞着亮雪逾风冲入敌营
有一个场景成为经典
他在山崖上屹立不倒，持刀做杀敌状
王锡鹏、郑国鸿血流如注……

水继续沉淀继续清澈
水不断蓄积
在晓峰岭东坡，我们掘井筑泉
水里依稀有魂魄有漂洗的心脏
水里有根脉在延续

不能不走的英雄路

◎ 虞兵科

不能不走啊
英雄的城，英雄的路
从"三忠祠"、鸦片战争纪念馆、清军将士墓群、傲骨亭
三总兵广场
到竹山门古炮台、将军碑林、遗址公园
这条路上，满眼是英雄的历史遗痕
1841，是炮火硝烟，是历史的云烟
是鸦片战争第二次定海保卫战的血雨腥风
定海三总兵率 5800 将士
浴血奋战六昼夜，忠荩可风气长存
这是中国近代史上悲壮的一页
这是可歌可泣的英雄悲歌
忠荩井，聚三节之泉
可风泉，亮忠勇节义
断柱虽断，英雄的正义和气节不"断"

定海，一个英雄之城
竹山，一座英雄之山

竹　山

◎ 姚崎锋

现在，面对五奎山
你是否会心如止水
那坚船利炮曾耀武扬威
在清朝的历史上写下
落后就要挨打的痛楚

迎上去的是民族的血肉之躯
中国的近代史上留着英雄的血泪

从 1840 到现在
多少遥远的时空跨越
民族之躯一寸寸坚挺
终于写成了刚正的山海魂

英雄曾横刀立马的山坡之上
硝烟幻成弥漫的阳光
今天，我们走在这里
竹风松涛与美好生活相伴
在远处，威武的军舰静泊守卫

云廊竹山段

◎ 陈　斌

一

英雄路蜿蜒在绿荫下，
历史文化随行而来。
鸦片战争，定海海防，
沉淀的岁月历历在目。

竹山惊涛观景平台，
点亮了深蓝的大海。
"竹山不能不走的英雄路"，
铭刻了英雄气概，令人肃然起敬。

警钟长鸣，慎以自守，
三节源，清澈见底。
海战图，威武凌云，
忠荩井，见证着韧性与固执。

东海云廊，绿意盎然，
历史文化在林荫中呼吸。
绿道智能且舒适，
数码平台，行程更自如。

竹海云廊，灌溉了心灵的沃土，
让我们以爱之名，涤荡心中烦躁。
东海云廊，绿道之路，
透过它，我们看到了未来的光和希望。

巧妙传承历史，
枝繁叶茂的竹林，倾诉慰藉人心。
智慧数字平台，行走于此路，
感受历史的魅力，放飞思绪的浪漫。

东海云廊，绿色的海风，
一路延伸，跨越时空的界限。
每一个景点，都独具匠心的设计，
留下无穷的意境，让我们流连忘返。

走过竹山的英雄路，
回忆往昔的英勇和自由。
跨越海洋的波涛，
掌握自身的命运和生机。

东海云廊竹山段，
浸润我们的情感。
它承载了无限的想象和创造力，
静待我们探索和沉醉。

二

英雄路在绿荫中穿行，
历史文化随行而来，
绿叶和青竹，它们旁行。
鸦片战争，定海海防，
岁月沉淀一代英豪。

竹山惊涛，
平衡了天空和大海的震荡。
"竹山不能不走的英雄路"，
为国捐躯的英雄，铭刻在历史长河；
铁血、勇敢、追求自由，
传递的不仅是精神与力量。

警钟长鸣，警醒一代，
三节源，见证慎终如始；
海战图，龙战虎斗，气势磅礴，
忠荩井，承载忠诚的泪水。
梦幻竹海，绿色的海风，
看不尽的果韵和芳香。

竹山英雄路，
浸润感官，心灵狂欢。
深蕴竹山历史文化之景，
灌注着我们的思绪和激情。

英雄路上纵横，雄壮来自远方，

风雨无阻，不息地前行，
这是生命的漫游，快乐与探险，梦想与奋发。

在这里，你必然找到生命新的方向。
绿道之旅，深情与遥远的向往。

走在绿叶和青竹之间，
我们才发现，人生多么的美好，
岁月静好，我们拥有永久的秋千。

英雄路上开启一段新的历史长河；
紧握过去，靠近将来，
在这里，感受生命的奇异与高昂。

三

葱茏竹影布满红尘，
英雄路，历史文化元素融合，
在绿叶间，铭刻着人类不朽的辉煌。

鸦片战争，定海海防，
沉淀着岁月折射的英豪气概。
竹山惊涛，绿色海滩，绵延百里，
让我们捕捉到海浪的灵气。

"竹山不能不走的英雄路"，
展示着雄壮、勇敢、追求自由。
铁血、荣誉、爱国热情呼应，

激荡心中的震撼。

警钟长鸣，使人深刻，
三节源，启示人继承先人智慧。
海战图，龙虎斗、波澜壮阔，
忠荩井，荡涤心灵坚守的信仰。

这里，是一片蓝色天空，
风筝在这里舞动，
为心灵点燃游赏的火焰。

这里，是奋力向前的坐标，
在英雄路上翻涌足迹，
向天空伸出梦想的羽翼。

这里，是我们梦中的明媚，
进入竹山段，
让我们找到了生命新的方向。

华彩绽放在我们身旁。
让我们一起走过，在青竹和绿叶之间，
品味着岁月长河的波澜壮阔和生命的奇妙。

鸦片战争遗址公园

◎ 徐豪壮

每一次踏入
都有一阵悸动，甚至战栗
园门前的淡红色石柱
广场处的花岗岩石雕
英雄豪气浩荡
仿佛自己就是那一根石柱
那一尊石雕

登临竹山面向东海
一艘艘洋船呼啸而来
炮弹越过山岚
在脚下轰然炸响
英雄不倒，哪怕是断了下肢
仍然将刀深深插入山石挺直身躯
哪怕炸掉了半边脸颊
仍然睁着独眼突入敌阵挥杀
只要有一名将士
战旗就不会倒下

广场、纪念馆、将军碑
东海云廊为英雄注脚
一个民族的屈辱史不能忘记

后　记

东海云廊，意为"廊上自做客，云中独为君"。行于云廊，云海相接，山海互映，天人合一。

东海云廊，东起东山段的圆形云廊广场，西至竹山段的方形1840广场，寓意"天圆地方"。全长约25公里，穿越"环抱定海湾"之五山——东山、长岗山、擂鼓山、海山、竹山，将"城邑、山体、海岸、海湾、海岛"五大界面有机串联，恰似一条蓝色"长龙"悬挂于山际，植入于云雾之中。

东海云廊，因五山水利工程而生，利用"上拦"工程的施工便道改建而成，多维度植入生态、文化、科普等元素，将定海海洋历史文化名城内涵特征和文化景观结合在一起，使云廊"兼山海之胜，融文化之美"，描绘出一幅诗意磅礴的山海画卷。它既是一项防洪排涝的水利民生工程，又是一条生态路、景观路、健身路、文化路、旅游路、共富路。

2021年10月1日，云廊首段绿道东山段建成开通，全长约4公里；2022年5月1日，竹山段作为"不能不走的英雄路"建成开通，全长约1.8公里。2023年5月27日，东海云廊全线开放，东山、长岗山、擂鼓山、海山、竹山分别呈现山海胜境、绿水青山、崇文重学、不忘初心、勿忘历史五段诗画篇章，组成了定海新的旅游地标，正式宣告古城旅游迎来东海云廊时代。

2023年10月，在浙江省文化和旅游厅公布的"八八战略"实施20周年文旅典型案例中，《元素叠乘打造东海云廊——一条路带活一座城、串起共富图》入选，成为舟山唯一入选案例。由浙江省体育局、省文化和旅游厅认定的 2023 年度浙江省运动休闲旅游精品线路中,"东海云廊(登山)—东岠岛(海岛露营)—南洞艺谷(卡丁车)"线路入选全省运动休闲旅游精品线路,也是全市唯一入选线路。

2024 年 1 月 23 日,中国气象局发布 2023 年"中国天然氧吧"评审结果,定海东海云廊旅游区位列其中。"中国天然氧吧"是中国气象局首批气候生态品牌之一,2022 年列入国务院《气象高质量发展纲要(2022～2035 年)》,评选主要集中在生态环境优越,配套完善,适宜旅游、休闲、度假、养生的区域。此次全国共有 66 个地区(景区)获此殊荣。2023 年东海云廊旅游区日空气质量优良率为 97.7%,远超过"中国天然氧吧"空气质量优良天数占全年比重 ≥ 70% 强制性指标要求,负氧离子年平均浓度达到 1665 个 /cm^3。

2024 年 2 月,舟山市旅游景区质量等级评定委员会批准东海云廊为国家 3A 级旅游景区。

昔日给定海老城区带来涝灾的山体,如今已成为山地自行车、徒步、健身运动、路跑等项目爱好者的打卡点。云廊自开放以来,举办节庆婚庆、开展研学旅游等多元主题活动,承办登山协会等社会团体活动近百场;先后举办中秋奇妙游、浙江省第四届生态运动会、2024 中国定海—东海云廊山地半程马拉松挑战赛等文旅体活动和赛事,并将本土文化与美食、演艺、文创、零售等多业态融合,打造多个可体验、可娱乐、可消费的沉浸式场景,吸引了超过 450 万人次前来游览体验,晋升新的网红旅游地。

"绿道绕五山,环抱定海湾"。如今,定海旅游新地标已矗立在东海之滨,成为市民游客的一道旅游"饕餮大餐"。同时,在云廊沿线周边区域加速打造一批有较强吸附力的文旅新项目,全力形成以 25 公里绿道为核心、周边多点开花"众星拱月"的态势，探索"山围城·城海相拥"的景观风貌体系，让"坐看山海、行于云廊、徜徉古城"成为定海旅游新体验。

下一步，景区将持续做好节点提升、细节打磨、长效管理、品牌运营，进一步丰富文旅产品，提升服务品质，打响东海云廊景区品牌。

用诗歌的方式来抒写和宣传东海云廊，让更多的人来了解云廊，继而走进云廊，舟山市作家协会诗创委、舟山海岸线诗社多次组织我市诗人，前往东海云廊进行主题式采风活动，并创作出一批诗歌作品。为确保诗集的编辑、出版，诗社多次开会协商，并组织力量对汇总的诗稿进行筛选和编辑。在诗稿初选阶段，为体现公平公正，所有诗稿均隐去作者以编号形式筛选。在此，感谢舟山海岸线诗社社长俞跃辉为组织采风活动、为此诗集的编辑出版及经费落实所做出的努力；感谢舟山市作家协会主席白马对此诗集编辑出版的指导和具体经费落实所做的工作；感谢诗人李国平、厉敏两位老师对诗稿初选所付出的辛勤劳动。同时感谢所有参与此次云廊主题创作的诗人朋友。

赴东海云廊采风，得到了舟山市定海区文联、舟山东海云廊有限公司、舟山哇咔文化发展有限公司的支持。此次诗集《东海云廊》的出版，得到了舟山市定海区文化和广电旅游体育局、舟山市定海区旅游发展集团有限公司的大力支持。在此一并表示感谢！

姚碧波

2024 年 7 月 15 日

◎ 后记

附录　东海云廊景观点

东山段

南侧入口圆形云廊广场、北侧山脚下东海云廊驿站（咖啡吧和书吧）、七彩云滑，有多处观海、观城的观景平台（点位）和水系景观、绿化景观、休憩站

长岗山段

城东街道入口广场、紫云阁、支线交叉口台阶座凳、休闲平台、景观水池、葛翁池、知秋台、长岗飞瀑、问涧亭、石崖台（书字岩）、管涵科普、问渠（水池）、日晷台、长岗山大草坪（驿站、滑草项目、观星台）、一叶知秋、森林消防站、樵夫亭（水池）、留客广场 / 留客亭、石门水塘、"在山"石刻、拖雨潭、箱涵结构展示廊、日照泉 / 方圆井、高岭石溪活字印刷（水池）、乾坤万象（水池）、鸟鸣涧（水池）、竹雅亭、台风印迹（水池）、风调雨顺、红卫水库、真武桥

擂鼓山段（真武山）

张信状元像、文笔春秋、蟾宫折桂、竹枝词石刻、扶云桥、科举制度演变之路、印章平台、怀古园、竞秋园秋千乐园、勤径 / 墨泽亭、进士墙、魁星点斗、勤学之路、及第廊 / 聚贤亭、连中三元、树抱石、松树林丛林穿越探险乐园、状元阁波音 747 飞机、联桂树、状元游街、拙修斋、琴棋书画、劝学 / 书山、崇文桥

海山段

增辉桥（海山东）、石刻如梦令、雕塑小品（海山公园内）、海山公园飘带桥（增辉桥）、海山时光隧道、英雄桥

竹山段

忠荩井、可风泉。竹山上有三忠祠、鸦片战争纪念馆、清军将士墓群、傲骨亭、三总兵广场，竹山下有竹山门古炮台、将军碑林